徳間文庫

鞆の浦殺人事件

内田康夫

徳間書店

目次

プロローグ

1

「やあ、久し振りじゃのう」

「あ、こりゃまあ先生でしたか。どうもご無沙汰《ぶさた》しとりゃんす。今日はお一人で？」

「ああ、うるそうていけんけえ、逃げてきたところじゃ。マルさんも元気そうじゃのう」

「はい、お蔭《かげ》さんで、体だけはなんとか丈夫にさせてもろうとります」

「そう、そりゃええ。丈夫が何よりじゃてえ。この前会うたのは同級会の時じゃったか。あれから正木《まさき》と馬屋原《うまやはら》が死んでしもうた」

「はあ、そうじゃそうですなあ。わしは葬式にも行けんでしたが……寂しいこってすいかな」

「まあ、おたがい長生きせにゃあいけん。そうや、どうじゃね、お孫さんも変わりなかな」

「はい、お蔭さんで」

「もう年ごろじゃったかいのう」

「はい、二十をいくつだか、過ぎやんした」

「そうか、もうそうなるかなあ。そしたら、ぼつぼついうこっちゃのう」

「なかなかそうはいきゃんへん。早う片づいてくれにゃあ、死ぬに死ねんのですが、どぎゃんことになるもんじゃろか、心配なことで」

「なに、心配せんでも、本人がうみゃしこうするじゃろ。わしのいちばん下の孫も、東京の大学へ行っとったんじゃが、いつのまにか、ええ婿《むこ》さん、見つけたそうじゃ。この二十二日に卒業と結婚を一緒にお祝いするちゅうてから、東京へ行かにゃあならんのじゃ」

「そりゃあまあ、おめでたいことで」

「おめでたいかどうか。さんざん親の脛《すね》をかじってから、なんも社会に貢献せんと、ええ気なもんじゃ思うとる。そこへいくと、あんたんとこは、ええ娘さんじゃ」

「はあ、ありがとうございます」

「しかし、さっきから見とると、なんか浮かん顔をしとるようじゃが、なんぞあるんか？」

「いえ、そういうわけじゃあ……」

「いやいや、なんぞあるのう。隠さんと、言うてみいや」

「とんでもにゃあことです。せっかく楽しまりょうてん先生に……」

「ええけえ、言うてみい」

「はあ……そしたら、ちょっとだけ聞いてもらいまひょうかなあ」

「ああ、そうじゃ、言うてみいや」

「じつは、わしは近いうちに、行くかもしれんのです」

「行く言うて、どこへ行くにゃあ？」

「あの世です」

「あの世？　ばかなこと言うちゃいけん。びっくりするじゃあにゃあか」

「申し訳ありません。じゃけど、ほんまのことですがの」

「ほんま言うて、どこぞ具合でも悪いんきゃあ？　さっきは丈夫じゃ言うとったじゃにゃあか」

「体は丈夫じゃけど、ちょっと事情がありましてのう」

「事情？　何の事情ね？」

「それは……詳しゅうは言うわけにはいきまへんのじゃが、もしかすると、行くようなことになるんじゃないかいう……」

「ばかな……誰《だれ》ぞに脅《おど》されとるんかいの？　それじゃったら、警察に言うたらええが」

「とんでもありまへん、警察に言うてええようなこととはちがいます」

「うーん……まあ、警察に言うても、事件が起きとらん状態じゃったら、なんもしてもらえんじゃろうがなあ……しかし、そうかいうて、死ぬの生きるのいうことを放置しておくわけにもいけんじゃろが」

「いえ、それでもええのんじゃと思うとります。思うとりますが、ただ、犬死《いぬじに》だけはしとうないもんじゃけん、どなたかにお話をしときとう思うとったのであります」

「犬死か……穏やかなことじゃあにゃあなあ。いったい、何があったのじゃい？」

「それは……まあ、わしが死なにゃあ始まらんことじゃけ、もし死んだら、マルのやつは殺されたんかもしれんちゅうことを、お気にかけていただければありがてえことじゃと思いよりますが」

「ばかなことを……それに、何がどうなるんか分からんけどが、もしそういうことでも起きりゃあ、警察がちゃんとやるじゃろが」

「さあ、警察でも分からんのじゃないかいう気がするのです」

「警察でも分からん？……どうも、いなげなことを言うなあ」

「申し訳ありません。こう言うたからいうて、なんも起こらんのかもしれませんし、もし憶《おぼ》えておられたら、マルは自殺したんじゃあにゃあということを警察に教えてやってもらいたい、思うとります。へえじゃけど、やっぱし警察は分からんのじゃあないかという気がしますが……あ、もう着きますけえお忘れ物のにゃあよう……それと、この話は誰にも言われんように、お願いいたします」

2

ぼくがホテルニューオータニに軟禁され、二週間にわたるカンヅメ生活に入ったのは、三月十八日、赤川次郎《あかがわじろう》さんの「十歳を祝う会」が終わったその夜からのことである。そのパーティーにぼくは大阪の姪《めい》二人と一緒に招待されていた。

当夜の参会者、約百三十名の内訳は赤川さんの家族、親戚《しんせき》、友人関係が四十人ほど、あとはこの会を合同主催した出版社関係の人がほとんどで、日頃《ひごろ》、赤川作品獲得のためにしのぎを削る編集者諸氏も、この日ばかりは呉越同舟《ごえつどうしゅう》、和気あいあいと談笑しているかのように見えた。

赤川さんのほんとうの年齢は四十歳。それなのに、なぜ「十歳を祝う会」かというと、赤川さんは二月二十九日の生まれだからである。したがって、四年に一度しか誕生日が巡《めぐ》ってこないオリンピック人間だ。

実際の誕生日は二月二十九日だが、おイソガシ人間でもある赤川さんなので、パーティーは三月十八日に行なわれたというわけである。

関係ないけれど、ぼくの父親の命日がやはり二月二十九日で、ことし十三回忌だった。父親が少なからず変わり者だったから、そういう日に生まれたり死んだりするのは、よほどの変人かと思っていたのだが、赤川さんは正真正銘の真人間である。

まったくの話、この世の中に赤川さんほど誠実で、奥床《おくゆか》しい人間は二人とは存在しないだろう。あれだけの大天才であり、あれほどの高額所得者でありながら、会えば、ごくふつうの優しいお兄さん——という風貌《ふうぼう》だ。四十歳なのに、まだ「お兄さん」であって「オジさん」でないというのが、クヤしい。

どういうわけか、ぼくに仕事をくれる編集者の多くが赤川さんの担当で、ふた言目には「赤川さんを見習いなさい」と言う。赤川さんは、職業はもちろん作家だが、趣味も「小説を書くこと」だというのだから、同業者としてはきわめて困る。

ぼくも小説を書くのは嫌いではないが、それ以上か、少なくともそれに匹敵するぐらい面白いと思っている趣味がある。それは囲碁《いご》である。

じつは、去年、ぼくは文壇囲碁名人戦を春秋連覇《れんぱ》、文壇本因坊《ほんいんぼう》戦を準優勝――という快挙をなし遂げた。以来、「作家の内田か、碁打ちの内田か」といわれるほどの引っ張りダコで、お座敷がかかる。

もともと、ぼくが住んでいる軽井沢という土地柄がよろしくない。

軽井沢の長い冬は、夏の観光シーズンだけで一年を暮らす軽井沢人にとって、えんえんと続く遊びの季節なのである。おまけにゴルフ場はクローズだし、スキーをやるほど若くない――となると、残るのは室内遊技だけということになる。

つまりは、囲碁に誘うヒマ人があふれているという、きわめて好もしからざる状況にあるわけだ。意志薄弱のぼくが、彼らの熱意にほだされないわけがない。かくて、ワープロの前はしばしば無人の状態になり、原稿は遅滞し、編集者のストレスはその極に達する――ということになる。

それもこれも、すべては囲碁にその原因がある。碁会所こそが諸悪の根源なのだ。

で、カンヅメという極刑に処せられることになった。囲碁の打てない環境に閉じ込めてしまうのが、何よりの方策というわけである。そして、その効果はてきめんに現われ、ちゃんとちゃんと原稿は進捗《しんちょく》する。編集者は大ニコニコで「やれば出来るでしょう」と、優しい言葉をかけてくれる。要するに、ブタはあまり運動させずに、エサを与えていればいい——という哲学が生まれるわけだ。

だが、笑ってしまうではないか、彼らの悪だくみには重大なミスがあった。

なんと、ぼくがカンヅメになったホテルニューオータニには、ちゃーんと「囲碁サロン」があったのである。フロント係の中に、ぼくが囲碁の名手であることを知っている者がいて、そのことを教えてくれた。彼の話によると、ホテルに囲碁サロン（碁会所）があるのは、広い東京で、たった二軒だけだというから、さすが奸智《かんち》に長《た》けた連中も、まったくの盲点であったらしい。

ぼくは部屋を抜け出しては、ひそかに十六階にある囲碁サロンに通った。編集者はときどき電話をかけて寄越《よこ》して、真面目《まじめ》に働いているかどうか、探りを入れてくる。そして、ぼくが常にホテルにいることを知って、安心するらしい。チョロイものである。

この囲碁サロンで、ぼくは面白い人物と知り合った。

はじめは、名乗りもしないただの客同士で、サロンのお嬢さん（元お嬢さんかもしれない）の紹介で、たまたま碁盤を挟んだにすぎない。七十歳代後半かな――という感じで、碁の腕前のほうは、ぼくより少し弱い。ちなみに、ぼくの碁は六段格で、アマチュアとしてはまあまあ強いほうに入る。

若い、無知な人は、碁なんてオジンくさいもの――とばかにするけれど、囲碁ほど深遠なゲームはほかにない。19×19路《ろ》の盤上に描く幾何学模様は、まさにコンピュータ時代にこそ相応《ふさわ》しい。ドラクエだかノラクロだかいうファミコンゲームなど、囲碁に較《くら》べればただの子供の遊びでしかない。

というわけで、囲碁の世界は、知らない同士がいきなり親しくなれる宇宙空間なのである。囲碁の別名を「手談《しゅだん》」という。言葉など無用、黙って石を置くだけで、たがいの意志は通じあうというわけだ。

ぼくとその老人は、たちまち碁盤の上に没入した。

老人は細かいテクニックは未熟だが、考えていることは壮大であることが分かった。つまり、セコセコしないタイプだ。

囲碁というゲームには、その局面の流れごとに、「布石《ふせき》」「序盤《じょばん》」「中盤」「終盤」「ヨセ」という段階が区切られる。「布石」だとか「中盤」などは、たとえば、「用地買収工作の布石として」とか「選挙は中盤戦に入った」といった具合に、一般名詞として使われているけれど、元来は囲碁から出た言葉なのだ。

老人の碁は布石がみごとだった。理想の高い品格のある布石であった。

（政治家だな――）とぼくは想像した。

政治家にもいろいろある。むやみにわめきたてたり、こわもてするだけが生き甲斐《がい》のようなのもいるし、票になると思えば、あっちに寝返り、こっちに鞍替《くらが》えするというひともいる。高邁《こうまい》な理想に燃え、私利私欲にとらわれないという、真の政治家はごくごく稀《まれ》である。

老人は、そのごく稀な政治家――だった人物――だと思った。すでに現役を退いて、悠々自適の日々を送っているけれど、内なるところでは、いまもなお赫々《かくかく》たる理想の火は消えていない――と想像した。

そういう碁を、老人は打った。

理想はしばしば、現実の前にはかなく散るものである。こういう碁を打っていたのでは、おそらく勝率は悪いにちがいない。それでもなお、理想を描きつづけるという頑固《がんこ》さには敬服した。

ぼくほどの名手になると、勝敗などというものにはこだわらない。文字どおりの

「手談」として、碁を楽しむのである。老人がそういう高い精神で碁を打つ以上、ぼぼくもまた高度の次元に立って挨拶《あいさつ》する。場所が十六階だからというわけではないが、あたかも神仙が天界に遊ぶがごとき心境ではあった。

3

ぼくのそういう気高い人となりは、おのずと相手に通じるものらしい。ひとしきり碁を楽しむと、老人はぼくの顔を見つめて、ニッコリした。

「あんた、ええ碁を打ちなさる」

岡山か広島訛《なま》りのある口調だった。

「いえ、そちらこそ」

ぼくは謙譲の美徳の持ち主であるから、先方を立てた。

「こちらにご滞在ですかな?」

「ええ、あと十日ぐらいは滞在する予定です」

「ほう……」

老人はぼくの素性に興味を抱いたようだ。ぼくは赤川さんほどハンサムではないが、なかなか彫りの深いいい顔をしている。しかしどう見ても外国人ではなさそうだし、かといってただの国内旅行者とも見えない。となると、高級ホテルに十日も滞在する人種とは、どういう職業か？　という表情であった。

「今夜、食事を一緒にいかがです？」

老人は言った。

「はあ、いいですね、お相伴《しょうばん》しましょう」

割りカンなのか、老人が払うつもりか、それともぼくが持つことになるのか分からなかったけれど、なに、どうせ支払いは出版社に回せばいいのだから、ぼくは気楽に受けることにした。

そこではじめて、たがいに名乗りあった。両方とも名刺を持っていなかった。老人は「間宮《まみや》です」と言ったが、もちろん、何をしている人物なのかは、依然、分からない。それはこっちも同じで、「内田《うちだ》」というゴミみたいに平凡な名前を聞いても、当然のことながら、老人の顔に何の感動も現われなかった。

老人とは七時に『ほり川』で待ち合わせることになった。

囲碁サロンを出て部屋に戻り、申し訳に一時間ばかりワープロを叩《たた》いた。それからゆっくりバスを使ってから、アーケード階にある日本料理の店『ほり川』へ行った。

名前を告げると、仲居が奥の小座敷に案内してくれた。間宮老人はすでに来ていて、「さあさあ、どうぞ」と手招いた。

時刻に合わせて注文しておいたとみえ、ぼくが座るとまもなく料理が運ばれてきた。お造りを中心にした和食のコースを頼んであったらしい。ぼくは魚料理なら何でも目がないクチだから、これはありがたかった。

間宮老人はお銚子《ちょうし》を何本か頼んであったようだが、ぼくが飲まないと知ると、仲居が最初の二本を持ってきたところで、「もうこれでいいよ」と断った。無理強いしない主義らしいのは、下戸《げこ》として大いに助かる。

「わしは広島の人間です」

老人は言った。

「広島の東のほう——備後《びんご》といわれる地方ですがな」

「福山、尾道辺《おのみちあた》りですね」

「ほう詳しいのですか」

「ええ、多少は知っています」

尾道、福山、府中から三次《みよし》にかけて、広島県東部のその辺りは、ぼくの長編第三作『後鳥羽《ごとば》伝説殺人事件』の舞台になった地方だ。浅見光彦《あさみみつひこ》という素人探偵がはじめて登場したのが、その事件の時である。

ぼくも浅見も、その頃はまだ純粋のアマチュアだったので、その地方のことを語るときには、感慨無量な想《おも》いをそそられる。

「鞆《とも》の浦《うら》の観光鯛網《たいあみ》というのを見ました。うまいこと鯛が網に入るものかどうか心配していたのですが、ちゃんと、尻尾《しっぽ》や頭に傷のある鯛が入っているのには驚きました」

「はっは……手きびしいことを……」

老人は愉快そうに肩を揺すって笑った。

大した量でもないのに、老人は酒が入ると饒舌《じょうぜつ》になるタチなのか、滑《なめ》らかな口調でよく喋《しゃべ》った。

「まあ、そういうのはご愛嬌《あいきょう》だと思ってもらいましょうかな。地方の人間は、それぞれに智恵を振り絞って、なんとか生き残りを計ろうと努力しておるのです」

「それは分かります。ぼくもいまは地方に住んでいますから」

「どちらです？」

「長野県の軽井沢です」

「ほう、軽井沢ですか。そら、いいところに住んでますな」

「さあ、住むのにはいいところかどうか分かりませんが」

「住むのにはいいでしょう。間違いなくよろしい」

老人は断定的に言った。ぼくも褒《ほ》められれば悪い気はしない。

「おしん現象というのがあります」

とぼくは言った。

「NHKの『おしん』で山形県の最上《もがみ》地方が観光ブームに沸いたり、『樅《もみ》ノ木《き》は残った』や『伊達政宗《だてまさむね》』では仙台地方が大変なブームだったたそうです。しかし、そういうのは一過性で、ブームが去れば、また元に戻ってしまう。逆に、『おしん』で姑《しゅうとめ》の根性の悪い代表みたいに描かれた佐賀県などは、いい迷惑だったりもするわけです。そういうのと較べれば、地元の苦心の産物である鯛網などは、尊敬に値します」

「さよう、おっしゃるとおりですな」

間宮老人は頷《うなず》いた。

「地方の時代だなどと、おいしいことを言っても、国は何もしてくれんものです。海峡にトンネルを掘り橋を渡しても、潤《うるお》うのはごく一部、そこからはずれたところはかえって寂《さび》れてしまう。何一つ根本的な解決にはならんのです」

老人の目が険しくなった。話しているうちに、しだいに激昂《げっこう》してくるらしい。

「わしは二十年も前から、東京への一極集中は必ず破綻《はたん》すると言っておりました。案の定、この節のばかげた地価高騰《こうとう》です。行政機能を分散せなんだら、このひずみは日本中に悪影響を及ぼすことは必至でしょうなあ。まことに憂えるべきことじゃが、政府も役人も、いっこうにその気になりません。囲碁では布石が重大な要諦《ようてい》だが、政治はそんなものを考えようともせんのです。政治ではなく、政治的な小手先の手段として布石を考えよる。こんなことじゃから、ろくな仕事は出来んはずですな」

老人の話に耳を傾けながら、ぼくはせっせと箸《はし》を使って料理を平らげつつあった。『ほり川』の料理は飛びぬけて高級というわけではないが、お値段の割にはまずまずである。

「内田さんは魚がお好きのようですな」

「はあ、飲めもしないくせに、酒飲みの好むようなものが好きです」

「それやったら、鞆の浦に行くとよろしい。あそこの仙酔島《せんすいじま》のホテルでは、美味《うま》い磯《いそ》料理を食わせよる」

「そうですか、ぜひ行ってみたいものですねえ」

「必ず来られるとよろしい。歓迎しますよ。いや、来ていただかねばならんことになる」

「は？……」

ぼくが怪訝《けげん》そうな眼《め》を向けると、老人は照れくさそうに笑った。

「ははは……口がすべったですかな」

どうやら、老人はぼくの素性を知っているな——と、その時、ぼくは思ったのである。

4

老人とは『ほり川』を出てエレベーターに乗るところで別れた。『ほり川』の勘定は老人がもった。日頃から奢《おご》られつけているぼくは、ほとんど無抵抗で奢られた。

それから午前二時頃までの四時間ばかり、ぼくはせっせとワープロのキーを叩いた。編集者が読む可能性があるから、この部分は強調しておかないといけない。

で、ベッドに入ったのは、かれこれ三時近かったはずである。

とたんに電話が鳴った。

受話器を取ると、何やら妙な息づかいが聞こえてきた。電話をかける相手を間違えたのではないかと思った。妙齢のご婦人か未亡人の部屋と間違えているのだろう——。

その時、声が聞こえた。

「……と、鞆の浦へ行きな……」

言葉の前と後が不鮮明で、ほんの一部分だけボリュームを上げたような感じだった。寝言のようでもあり、苦しそうに訴える声のようでもある。

（間宮老人かな？――）

ふと、ぼくは思った。しかし、あまりにも短すぎて、判断は出来なかった。声は聞こえなくなったが、電話は切れたわけではないらしい。受話器の中には息づかいらしい音がかすかに続いていた。

「もしもし」

ぼくはおそるおそる呼んでみた。

返事はない。

「なんだ、これは？」

ぼくは不愉快だったが、もしかすると相手が間宮老人かもしれないので、「ばかやろう」とも言えない。受話器を睨《にら》んだまま、しばらくじっとしていた。

やがて、ガチャリと受話器を置く音が聞こえて、それっきり無音になった。

「失敬なやつだな」

相手がいなくなってから、ぼくは不景気なぼやきを受話器の中に吐《は》いた。誰も聞いてなければ、どんな悪態《あくたい》でもつけるものである。

ベッドに潜り込んだが、妙な電話のことが気になった。あれは間宮老人だったのかな？　何を言おうとしたのだろうか？

しかし、ぼくは元来、眠い時にはすぐに眠れる体質だ。あれこれ思いを巡らせているうちに、いつのまにか眠った。

翌朝は八時に起きて、十時までワープロを叩いた。十時から小一時間、部屋を掃除してもらうためにロビー階にある『アゼリア』という店で、朝食をする。ホウレンソウの炒《いた》めたのとフライドエッグ、それにベーコン、フレッシュジュース、コーヒー、トーストというのがセットになっていて二千五百円というのが、なかなかいける。ホウレンソウが美味なのである。

朝食に二千五百円は高いと思うが、なに、ぼくが払うわけではないから気が楽だ――と、どうもぼくはどこまでもサモしい根性をしているらしい。

部屋に戻ろうと、十一階でエレベーターを降りて、エレベーターホールから廊下に足を踏み出した時、廊下の先の方で、ぼくの部屋を窺《うかが》っている男が見えた。

男は気配に気付いたのか、チラッとこっちを見た。すぐにそ知らぬ態《てい》を装って、こっちに向かって歩き出したのが、かえって胡散《うさん》臭く思えた。

男は大股《おおまた》に歩いて近づいてくる。見たことのない顔であった。

ぼくは知らん顔をして男と擦《す》れ違い、そのままぼくの部屋の前を通り過ぎて、どんどん歩いていった。

突き当たり近くまで行って振り返ると、男の姿は見えなくなっていた。代わりにベッドメーキングのおばさんが車を押してやってきた。

ぼくは逆戻りをして、おばさんに「そこで男の人に会わなかった？」と訊《き》いた。

「はい、いまエレベーターにお乗りになりましたけど」

おばさんは怪訝そうにぼくの顔を見た。

「何かあったのですか？」

「いや、友人なんだけど、忘れ物をしていったものだから」

ぼくは曖昧《あいまい》に言葉をにごして、自分の部屋の鍵《かぎ》を開けた。単なる気のせいだったのかもしれない――と思った。

それからしばらくは創作に没頭した。だいたい一時間六枚というのがぼくのコンスタントなスピードである。一日十時間働けば六十枚は書ける計算なのだが、どういうわけか三十枚が平均ペースになっている。いかにサボっているかが、よく分かる。

二時間ばかり仕事したら、猛烈に眠くなった。これはぼくの一種のビョーキである。ぼくはワープロをつけっぱなしで、ベッドに引っくり返った。眠くなったら、無理をしないで、すぐに横になる。眠いだけ眠るのがいい。我慢してワープロを叩いても、かえって能率が悪いものである。

——と言い訳を考えながら眠りに落ちた。

チャイムの音で目が覚めた。「チェッ」と舌打ちをした。ドアのノブに「起こさないでください」の札をぶら下げておくのを忘れていた。

時刻は午後三時になろうとするところだった。この時間にくるのは冷蔵庫の補充ぐらいなものである。編集者でないことはたしかだ。もし編集者が何か急用ができたというのなら、ロビーから電話してくるはずだ。

ぼくは何の意識も用心もなくドアを開けた。ホテルでは、来訪者を確認するまで、必ずチェーンをしておくようにと注意書きをしている。それをうっかりした。

見知らぬ男が二人立っていた。一人は三十五、六。もう一人は二十五、六といったところだ。どちらも目付きが鋭い。

ぼくはなんとなく危険を感じて、反射的にドアを閉めようとした。瞬間、若いほうの男が、すばやく靴を差し込んだ。

「いてっ!」

 男は悲鳴を上げたが、足は抜かなかった。いや、ドアに挟まれて、抜けなかったのかもしれない。

年長のほうの男が、ポケットに手を突っ込み、サッと手帳を出した。

「警察の者です」

押しつぶしたような声で言った。

「警察?……」

懸命にドアを押していた力が抜けた。同時に若い男の足も抜けた。

「ちょっとお話を聞きたいのですが、お邪魔してもよろしいでしょうか?」

慇懃《いんぎん》な口振りだが、それでいて押しつけがましいのは、刑事の喋り方の特徴だ。

「どうぞ」

ぼくは断る理由もないので、ドアを大きく開けてやった。刑事は部屋の中を睨《ね》め回しながら入ってきた。若い刑事は足を引きずるようにしている。

「お一人ですか?」

刑事は言った。

「見れば分かるでしょう」

眠っているところを起こされて、ぼくは機嫌《きげん》が悪かった。

一人だって言っているのに、刑事はバスルームのドアを開け、ドレッサーのドアを開けて確かめている。

「そんな狭いところに隠れているわけがないでしょう」

ぼくは笑ってやったが、刑事はニコリともしない。あげくの果てにはベッドの下まで覗《のぞ》き込んだ。ついでにデスクの引き出しを開けるかと思ったが、そこまではしなかった。

「何なのですか、いったい？」

ぼくは焦《じ》れて、訊いた。

「まあ、お掛けください」

刑事は二つしかない椅子《いす》の一つを指差して、言った。

「どうも」

頭を下げてから、なんで礼を言わなきゃならないのだ――と腹が立った。

5

「間宮弘毅《こうき》さんをご存じですな?」

刑事は突っ立ったまま、言った。

「間宮弘毅……というと、あの間宮老人のことですか?」

「そうです」

「ええ、知ってますよ」

「どこにいます?」

「は?……」

何を言っているのか、ぼくにはピンとこなかった。

「いま、どこにいるかと訊いているのです」

「知りませんよ、今日はまだ会っていませんから」

刑事はじっとこっちを見つめている。ぼくの返事が気に入らなかった様子だ。しかし諦《あきら》めたのか、質問を変えた。

「最後に会ったのはいつです?」

「ははは、最後にって、なんだかオーバーな言い方だな」

「質問に答えてください」

刑事はブスッと言った。ユーモアを解さない男だ。

「最後に別れたのは昨夜ですよ。昨夜の九時過ぎ頃だったかな」

「それは『ほり川』を出た時間でしょう」

「そうですよ……ほう、もうそんなことまで調べたのですか？」

ぼくは驚いた。

「いったい何があったのです？　まさか、老人が殺されたのじゃないでしょうね？」

夜中の奇妙な電話の記憶があるから、ぼくは余計なことを訊いてしまった。

「ふーん」

思ったとおり、刑事は嬉《うれ》しそうにニヤリと笑った。

「その『まさか』かもしれませんよ。おたくさん、だいぶいろいろと知っているようですな」

「いや、知りませんよ。ただの譬《たと》えで言ってみただけですから」

「冗談でしょう。ふつうの善良な市民であれば、人が殺されたなんてことを、ただの譬えで言ったりはできないものだと思いますがねえ」

刑事は絡《から》みつくような口調で言った。

たしかにそのとおりかもしれないが、そのふつうでは言ったりしないことを、気楽に言えてしまう軽薄な人間もいるのだから、困ったものだ。

「おたくさんは、ええと、内田康夫《やすお》さんでしたかね?」

刑事はしかつめらしく手帳を広げて、あらためて訊いた。

「そうです」

「職業は作家——ですか。どんなものを書いているのです?」

「まあ、推理小説のようなものです」

「ふーん、推理小説ねえ。ああいうものは自分は大嫌いですな」

「どうもありがとう。お巡りさんに好かれるような推理小説は、ロクなもんじゃないですからね」

刑事はジロリとぼくを見て、「この野郎」という顔をした。

「おたく、住所は長野県の軽井沢ですな」

「そうです」

「軽井沢なら、電車で二時間かそこらでしょう。それなのに十日も滞在するっていうのは、どういう理由ですか?」

「ぼくらの同業で、新宿に住んでいながら、電車で三十分もかからない府中に半年も滞在したヤツがいますよ。それと似たようなものです。もっとも、ヤツは塀の中で野球なんかして、けっこう懲《こ》りずにいたそうですが、その点、ここの生活は地獄そのものです」

刑事はぼくの言っていることがよく分からなかったらしく、しばらく考えてから、言った。

「そのひとは、野球の合宿でもしておったのかね?」

「さあ、あれは一種の団体生活だけど、合宿というかどうか?……」

ぼくは首をひねってから、訊いた。

「それはそうと、真面目な話、間宮さんがどうかしたのですか?」

「ん? ああ、そうだ、そのことだ、そのこと……あんた、ほんとに知らないのかね?」

「知りませんよ。いったい間宮さんがどうしたのですか?」

ぼくはムキになって言った。それでも刑事は疑っていたが、いずれは分かることだと思ったのか、ようやく口を開いた。

「じつは、間宮弘毅氏がいなくなったという届け出があったのです」

「いなくなった……」

「そう、けさ、約束の時間にロビーに現われないので、秘書が部屋を訪ねてみたところ、どうもいないらしい。フロントに鍵が戻っていないところをみると、ホテルの中にいると考えられるのだが、心当たりを探してみても、いっこうに姿が見えない。そのうちに、十一階で間宮さんを見たという電話がかかってきたのです」

「十一階といえば、ここじゃないですか」

「そうです。それで、おたくさんのところではないか――と思ったのだそうですよ」

「思ったって……どうしてそんなことを思ったりしたのです?」

「そりゃあんた、間宮さんと親しいあんたの部屋にいると思うのが当然でしょう」

「親しい?……嘘《うそ》ですよ、そんなの」

「嘘? 何が嘘です?」

「だって、ぼくと間宮さんは昨日はじめて会ったばっかしですよ」

「まさか、そんな、ばかばかしい」

「ばかばかしいとは何ですか。昨日会ったばかりなのはほんとうですよ」

「そんな、初対面のあんたに、なんで間宮さんが『ほり川』の料理を御馳走《ごちそう》しなきゃならんのかね? 一人前、一万円を超《こ》えたそうじゃないですか」

刑事はゴクリと唾《つば》を飲み込んだ。

第一章　奇怪な罠

1

闇《やみ》の中から、女性の呼ぶ声がだんだん近づいてくる。「坊っちゃま、坊っちゃま」と言っているらしい。

（いい歳《とし》をして、坊っちゃまでもないだろうに、そんなふうに呼ばれている間抜けな男のツラが見たいな——）

浅見は大きく口を開けて笑いだした。しかし、笑っているのに、どういうわけか自分の声はちっとも聞こえない。「坊っちゃま」という女性の声だけが、しだいに甲高《かんだか》く、耳障《みみざわ》りになってきた。

（あ、そうか、坊っちゃまとはおれのことか。ということは、つまりあれは須美《すみ》ちゃんの声か？――）

そう気がついたとたん、目が覚めた。

やっぱり、聞こえているのはお手伝いの須美子の声であった。焦れったそうにドアをノックしながら呼んでいる。

「ああ、何だい？」

浅見は寝惚《ねぼ》け声で、訊いた。

「なんだ、いらっしゃるんですか？　いらっしゃるなら早く返事してくださいよ」

「悪い悪い、ちょっとワープロの音で聞こえなかったもんだから」

「嘘ばっかし」

浅見は立って行って、ドアのロックをはずし、廊下に顔を出した。

「軽井沢のセンセから電話ですよ」

須美子は仏頂面《ぶっちょうづら》で、いかにも不潔なものを吐き出すように「センセ」と言った。浅見がいくら「内田さんとか、内田先生とか言ったら」と注意しても、相変わらず「軽井沢のセンセ」である。名前を口にすると、口内炎《こうないえん》に罹《かか》るとでも思い込んでいるらしい。

浅見家の次男坊・光彦坊っちゃまに、正業とはほど遠いルポライターなどという職業につかせ、「名探偵」などと煽《おだ》て上げて堕落《だらく》への道をつっ走らせているのは、あの軽井沢のヘッポコ作家にちがいない――というのが、須美子の論理なのだ。

須美子の後についてリビングルームへ行くと、受話器は電話台の上に放り出すように置いてあった。

「はい浅見です」

浅見は、ぶっきらぼうな口調で言った。いくぶん、そばで須美子が睨んでいることへの配慮もあった。

「ああ、浅見ちゃん？」

受話器から、妙な猫撫《ねこな》で声が出てきた。

「ちょっとさ、来てくれないかな」

「来いって、軽井沢へですか？」

「いや、そうじゃなくて、いま東京なんだ。四日前からホテルニューオータニに宿を取っている」

「へえー、いいところにいますね。じゃあ、支払いは出版社持ちですね？」

「とんでもない、自腹だよ、僕にはそんなミミッチイことはできないさ」

「はあ……それで、何の用ですか？」

「だからさ、ちょっとここに来てもらいたいのだ」

「ちょっとって、いま手が離せないんですけどねえ」

「どうしてさ」

「どうしてって、仕事ですよ仕事。どうしても今日中に上げなきゃいけない原稿があるんです」

「そんなのほっぽっといていいからさ、ちょっと来てよ」

「いや、そう簡単にほっぽっとくわけにいきませんよ。締切なんですから」

「そういう冷たいことを言わないでさ、助けてくれたっていいじゃないの、ねえ、浅見ちゃん」

「助けてって、いったいどうしたんですか、何があったのですか?」

「刑事がね、しつこくてね」

「刑事が」

「ああ、このままだとしょっぴかれかねないんだ」

「何をやらかしたんですか。麻雀《マージャン》賭博《とばく》がバレたんじゃないでしょうね」

「そんな貧乏ったらしいもの、僕がやるわけないでしょう」

「またまた、とぼけるんだから。聞きましたよ、このあいだ、箱根へ二泊三日の麻雀旅行をして、人のいい編集者をカモッたそうじゃないですか」

「冗談じゃないよ、誰がそんなことを言ったのか知らないけど、カモられたのは僕……いや、そういうことはどうでもいいんだ。第一きみ、人のいい編集者なんて、いるわけがないじゃないか」

「それはまあ、そうですけど」

浅見は吹き出したいのを我慢した。

「とにかくさ、なんだかややこしいことになりそうなんだ。助けてくれよ」

「何があったのです？」

内田は焦《あせ》っているが、浅見も内田の押しつけがましさが気に障って、つい、少し声を荒らげて言った。

「昨日、ちょっと妙なことがあってね」

内田は間宮という老人の話をした。囲碁サロンで「神仙が遊ぶ」がごとき碁を打って、大いに意気投合したといった話を、自分も老人みたいにクドクドと話す。浅見は欠伸《あくび》を我慢しながら聞いていた。

「それでね、晩飯を『ほり川』で食ったのだけど、その勘定をさ、こっちが払うって言うのに、どうしても奢りたいって言うからね、おかしなじいさんだと思ったんだ」

「はあ、そうですか」

ケチな内田が「払う」なんて言ったかどうか——と思いながら、浅見は冷淡な声で相槌《あいづち》を打った。

「それで終わればどうってことはなかったんだけど、夜中に気味の悪い電話があってね、それがどうも、間宮のじいさんの声みたいでもあったのだが……」

「何で気味が悪かったのですか?」

「いや、何だかよく分からないんだけどさ、苦しそうな声で『鞆の浦へ行きな』ってそんなようなことを言うんだな」

「鞆の浦? 広島県の、ですか?」

「ああ、きみも知ってるよね」

「いや、僕は福山と尾道は行きましたが、鞆の浦には行ってません」

浅見の脳裏《のうり》に、思い出深い『後鳥羽伝説』の道が蘇《よみがえ》って、瞬時、内田のことを忘れた。

「もしもし……」

内田は心細い声を出した。

「はい、聞いてますよ。それでどうしたのですか?」

「そしたらさ、今日になって、刑事がやってきて、そのじいさんが行方不明になったっていうんだよね」

「行方不明？」

「そうなんだ。しかもだね、行方不明になる直前、十一階……つまり僕の部屋のある階だけどね、そこにいるのを目撃したっていうタレコミがあったとか言ってる」

「なるほど、それで、その老人の行方を内田さんが知っているのじゃないか——と疑われているっていうわけですね」

「そう、そのとおり」

その時、電話の中で「キンコン」とチャイムの音がした。

「あ、刑事が来たらしいな」

内田は悲鳴のように言った。その背後でまた、催促するようにチャイムが鳴った。

「そういうわけだからさ、早く来て、なんとかしてくれよ」

「分かりました、じゃあこれから行きますから、あと二時間待ってください」

「だめだよ、三十分で来てくれ」

「そうはいきませんよ、一時間半はかかります」

「四十分だな」

バナナの叩き売りよろしくせめぎあって、結局、一時間で行くことになった。その間にも、チャイムの音は鳴り響いていた。

浅見はやりかけの仕事を中途にしたまま、家を出た。内田には、はじめてルポライターの仕事を紹介してもらった恩義がある。玄関で須美子が「またあの軽井沢のセンセですか」と、露骨にいやな顔を作って見送った。

一時間という約束より早く、五十分ほどでニューオータニに到着した。ちょうど卒業式シーズンとあって、ホテルの敷地に入ると、振り袖《そで》や袴《はかま》姿の女性が目立った。浅見は若くして逝《い》った妹のことを思い出して、目頭がジンとなった。

地下駐車場に車を置いてロビー階まで上がり、館内電話で内田の部屋番号をダイヤルした。

「あ、浅見ちゃん、早く来てよ」

内田は金切り声を出した。十一階の部屋を訪ね、チャイムを鳴らすと、ドアが細めに開いて、脅えた目が片方だけ見えた。

「あ、浅見ちゃん！」

慌《あわ》てて開けようとして、ドアにチェーンロックを掛けたのを忘れている。ガクンとなって、ドアに額をぶつけ、悲鳴を上げた。

とにかく部屋に入ると、内田はまたすぐにチェーンを掛けた。

「どうしたんです？　さっきの電話の時、刑事が来たんじゃないのですか？」

浅見は訊いた。

「いや、あれはベッドメーキングのおばさんだったけど、もうそろそろ来るんじゃないかと思う。浅見ちゃんが来てくれて助かったよ。一人じゃどうなるか分からないもんな」

「どうなるって、相手は刑事でしょう？　警察を相手にビクビクすることはないじゃないですか。かりにも推理作家なんだから、しっかりしてくれなくちゃ、困りますよ」

「いや、そう言うけどさ、相手が警察だから恐ろしいんじゃないの。警察にしょっぴかれたら、何もしてなくたって有罪だよ。下手すりゃ、死刑だ。病院に入れば、どこも悪くなくても病気にされるのと同じだね」

「そんなばかな」

「あ、無知だねえ、病院にとって、患者はお客じゃないか。せっかくお客が来たのに、すげなく追い返すばかがいる？」

「そりゃ、とりあえず検査ぐらいはするでしょうけれどね」

「だろう？　検査をすれば、もう『おめでとうございます、立派なご病気です』と言われることは間違いないよ。人間、生きてる以上、誰だってどこかおかしいに決まっているからね。このあいだ、風邪《かぜ》で病院へ行ったら、いきなり血液検査をやられたやつがいる。それから、水虫の治療に行ったら、脳波《のうは》の検査をされたっていうのもあった。水虫がなんで脳波と関係があるんだい？　警察だってそうだよ。とりあえずしょっぴいたら、そいつはけっこうなお客さんだからね、おいそれと逃がしはしない。第一、何もないのに捕まえたなんてことが、世間に知れると具合が悪いじゃないか。なに、ひっぱたけば、誰だって後ろ暗いところの一つや二つ、必ずあるもんだからね。浅見ちゃんだって、虫も殺さないような顔をしていて、何かあるにちがいない。いやいや、あるんだよ、あるの。たとえば、ここへ来る途中だって、生まれたばかりの毛虫をひき殺してきたかもしれないじゃないか。分かってる、むろん気付かなかっただろうよ。しかし、それだって業務上過失殺虫罪という立派な罪名で放り込むことが出来るかもしれないんだ」

「ばかばかしい」

浅見は呆《あき》れて、内田の饒舌にストップをかけた。

「黙って聞いていれば、よくつぎからつぎへと、そんなくだらないことが言えますねえ。過失殺虫罪ですって？　なんですか、それ。新しい殺虫剤か何かですか？　そんなばか話をするために僕を呼んだのなら、これで帰りますよ」

浅見が部屋を出かかるのを、内田は真剣になっておしとどめた。

「まあまあ、そう言わないでさ、助けてくれよ。いま、お茶ぐらい入れるからさ」

それからまた、昨日からの奇妙な出来事を繰り返し、説明した。話の内容が、最前の電話の時と一致しているところをみると、どうやら嘘ではないらしい。

「しかし、それが事実だとすると、なんだか変ですねえ？」

「変て、何が変なのさ」

「いや、その刑事がですよ。ここの所轄《しょかつ》は赤坂警察署でしょう。だったら、『赤い雲伝説殺人事件』で内田さんの名前ぐらい知っているはずじゃありませんか」

「あ、そうか、そうだよね。いまどき、この有名な推理作家の名前も知らないなんて、そりゃモグリの刑事だよね。そうだ、すっかり忘れていた。どうも僕は人間が謙虚《けんきょ》に出来ているもんだから……」

浅見は内田を無視して、受話器を取り、赤坂署の番号をプッシュした。

こちらの名前を言い、「刑事課の堀越《ほりこし》部長」と言うと、まもなく、ガラガラ声が受話器から飛び出した。

「やあ、浅見さん、しばらくです」

堀越は懐かしそうに言った。

例の『赤い雲』の事件で、みごとな推理ぶりを見せつけられて以来、堀越は浅見を敬愛している。それだけでなく、その事件を解決したお蔭で警視総監賞をもらった恩義も感じているのだ。

「どういう風の吹き回しですか?」

堀越は四十を少し出た程度のはずだが、まるで明治生まれの人間のように、時代がかった常套句《じょうとうく》を使いたがる。

「いまホテルニューオータニに、推理作家の内田さんと一緒にいるのですが」

「ああ、内田さんていうと、浅見さんの手柄話を書いている、あの人ですか。けっこう、ベストセラーになっているのだそうですね」

「ええ、しかし、こっちにはちっとも回ってきませんけどね」

内田が何の話か——と、浅見の顔を覗き込んだ。浅見は急いで話題を変えた。

「じつはですね、その内田さんが、妙な刑事さんに脅かされたというのです」

浅見はこれまでのことを、かいつまんで話した。

「それで、所轄の刑事さんの動きなら、堀越さんにお訊きすれば分かると思いまして」

「ほう、そりゃおかしいですなあ。私はここにずっといるが、そういう動きはここではありませんでしたよ」

「そうですか……だとすると、ほかの署の刑事さんでしょうか？」

「いや、そういうことはないでしょう。もしそうだとしたら、ウチの署に一応、挨拶があるはずですからね」

「あ、そうだ。ひょっとすると、警視庁の公安ということは考えられませんか？」

「なるほど。それならあり得ないことではないですな。そうすると、内田さんは過激派のシンパか何かですか？」

「まさか……」

浅見は内田の顔を横目で見ながら、笑ってしまった。この日和見《ひよりみ》で無定見《むていけん》の内田が、そんな気のきいたことをやるわけがない。

しかし、笑っているうちに、子雀《こすずめ》のように不安そうな目でこっちを見ている内田が、ひどく哀れで、なんとかしなきゃ——と思えてきた。

2

堀越部長刑事はすぐに駆けつけてくれた。呆れたことに、内田は堀越とは初対面なのだった。

「やあ、あなたが堀越さんですか。小説の中に出てくるより、よほど男前ですねえ」

平気な顔で挨拶している。そのくせ、小説の中では、さんざん好き勝手に書いているのだから、まったく無責任な作家だ。

「すみません、お忙しいところを」

内田の代わりに、浅見が詫《わ》びを言った。

「いえ、気にしないでください。ここのフロントとは顔馴染《なじ》みですから、何かと融通《ゆうづう》がきくと思いますしね。第一、浅見名探偵のお役に立てるなら、たとえ火の中、水の中ですよ」

「参ったなあ……」

照れ屋の浅見は赤面してしまう。

ひとを呼びつけておいて、内田は心配がなくなったとなると、現金なものだ。

「それじゃ、真相がどうなのか、調べてきてよ。僕は仕事にかかるから、当分、邪魔しないでね」

さっさとワープロの前に座り込んだ。まったく手前勝手な男である。

浅見と堀越はまずフロントに行ってみた。フロントで訊くと、たしかに「間宮弘毅」という人物は宿泊しているのだそうだ。

「一昨日からお泊まりです。ご出発は明日のご予定と承っておりますが」

チェックインの客がひっきりなしにやってくる忙しい中で、チーフ格なのだろう、年配のフロント係が応対してくれた。

「その人、いま部屋にいるかどうか、調べてもらえませんか」

堀越が言った。

「さようでございますなあ……」

フロント係は「少々お待ちください」と奥へ引っ込んで、五、六分近く経《た》ってから、ふたたび出てきた。

「お出掛けのご様子ですね」

どういう調べ方をしたのか分からないが、確信ありげに言っている。

「出掛けているのなら、フロントに鍵が戻っているんじゃないですかな?」

「いえ、現在はキーホルダーを小さくいたしまして、お持ちになったまま外出なさっていただけるようになりました」

フロント係はサンプルに鍵を一つ取って、見せてくれた。なるほど、鍵もキーホルダーも、ポケットの小銭入れにでも入るほど小型になっている。

「あの、間宮様が何か？」

フロント係はようやく気になったらしく、訊いた。

「いや、べつに何でもないのですがね」

堀越は、どうしたものか——という目を浅見に向けた。事実かどうかもはっきりしないのに、高級ホテルの中で「ＶＩＰ失踪《しっそう》」などと騒ぎ立てるわけにはいかない。

「その間宮さんという人は、どういう人物なのでしょうか？」

堀越の脇《わき》から、浅見が訊いた。フロントは浅見もまた赤坂署の刑事だと思っているらしく、堀越に対するのと同じように、誠実に対応した。

「どういう——と申しますと？」

「住所はどこですか？」

「広島県福山市です」

福山なら、内田の言っていた鞆の浦と繋《つな》がる。たしか鞆の浦は福山市に属しているはずであった。

「何をしている人か、知りませんか」

「さようでございますな……」

フロント係はまた少し躊躇《ためら》った。

「あちらのほうでは、ごく有名な方でございますが」

「あちらというと、広島の地元のほうという意味ですか？」

「はい」

「そんなに有名な人なら、教えてくれてもいいでしょう」

「はあ、それはまあ……間宮様は元の広島県知事さんです」

「元県知事……」

浅見と堀越は顔を見合わせた。ことに浅見の驚きは大きかった。あの内田が、いったいどうしてそんな大物と知り合いになれたのか、信じられない気がする。

「ところで、間宮さんは一人で泊まっているのですか？」

浅見は気を取り直して、訊いた。

「はい、お一人でお泊まりです」

「秘書とか、そういう人はいないのですか」

「おいでになるのかもしれませんが、当ホテルにはお泊まりではございませんようで」

フロント係は落ち着き払って答えている。なんとも奇妙なことだが、どうやらフロント係は、間宮弘毅が行方不明になったといったようなことについては、まったく関知していないらしい。

だとすると、いったい、誰が間宮の失踪に気付き、誰が警察に連絡したのだろう？

フロントに礼を言って、浅見と堀越は、善後策を講じるために、本館ロビーから「タワー」と呼ばれる新館へゆく、長い通路に面したラウンジへ行った。巨大なガラスの壁面の向こうは、ニューオータニ自慢の滝のある庭園だが、すでに夕闇が迫っていて、寒々とした侘《わび》しい風景であった。

「どうしたものですかねえ」

堀越はさっぱり事情が把握できないので、困惑ぎみであった。もっとも、その点に関しては浅見もほとんど同じだ。

「行方不明かどうか調べたくても、警察としては、何か事件になっていないかぎり、手の打ちようがないのでしょうね」

「はあ、まあ、正直言って、残念ながら浅見さんの言われるとおりですねえ」

「内田さんを取り調べた警察がどこか、調べる方法はありますか？」

「うーん、それも難しいですなあ。それはむしろ、浅見さんが、お兄上の刑事局長さんにお願いしてみられたほうが手っ取り早いのではないでしょうか」

「兄……ですか……」

浅見は眉《まゆ》をひそめた。

たしかに兄の陽一郎《よういちろう》に頼めばいいのかもしれないが、兄に頼むこと自体、気がひける。もしそんなことが母親の雪江《ゆきえ》未亡人に知れたりすれば、たちどころに「また陽一郎さんに迷惑をかけるのですか！」とカミナリが落ちるに決まっている。

「しかし、内田さんが失踪事件の犯人であろうはずがないことぐらい、どこの警察にしたって簡単に判断できるでしょうからね。とにかく、もう少し様子を見ますか」

「そうですなあ」

二人はなかば諦めぎみに腹を決めた。

堀越が署へ戻るのを送ろうと、フロントの前を通る時、さっきのフロント係に会《え》釈《しゃく》すると、「あっ、少々お待ちを」と言って、カウンターから出てきた。

「あの、間宮様がさきほどお戻りになりましたが」

「えっ？」

浅見は堀越と顔を見合わせた。

「それ、間違いなく間宮さんでしたか？」

「はあ、間違いございませんが」

おかしなことを訊くな——と言いたげだ。

「そうですか……それで、べつに変わった様子もなかったですか」

「はあ、フロントにお立ち寄りになりまして、何か伝言はないかとおっしゃってましただけで、べつに……」

「ちょっと会いたいんですが、部屋はどこでしょう」

堀越が言った。フロント係は当惑げに眉をひそめた。

「お会いになるのですか？」

「ああ、ぜひ会いたいですな」

「困りましたねえ、お客さまのご迷惑になるようなことは、当ホテルといたしましては、具合が悪いのですが」

「いや、迷惑はかけませんよ。ただ、ちょっと話を聞きたいだけです」

「はあ……そうおっしゃいましても……」

「もし問題があるのなら、捜査令状を持ってきましょうか？」

堀越は恫喝《どうかつ》するように言った。浅見は苦笑したが、この際は警察のそういう強権力に頼るしか方法がないので、黙っていた。

「いいえ、そんな大袈裟《おおげさ》なことをしていただいては、ますます困ります。承知しました、とにかくお訊きしてみましょう」

フロント係は仕方なさそうに言って、間宮に連絡してくれた。

「お会いになるそうですが、くれぐれも失礼のないようにお願いします」

「分かってますよ」

堀越は胸を張ったが、それでも不安なのか、フロント係は一緒に十五階の部屋までついてきた。

間宮弘毅は小柄で、見るからに穏和《おんわ》そうな顔立ちの老人であった。スポーツシャツにカーディガンを羽織ったくだけた恰好《かっこう》だが、さすがにどことなく品がある。

「警察の方だそうだが、どういうことですかな?」

「お寛《くつろ》ぎのところを恐縮です」

話はもっぱら浅見がすることにした。

「間宮先生は、内田という人物をご存じでしょうか?」

「内田さんですか、そういう名前の人は何人か知っているが、内田何といわれます？」

「内田康夫という小説家ですが」

「小説家……さあ、知りませんな」

間宮はあっさりと言った。嘘をついている感じはまったくなかった。もっとも、穏和そうに見えても政治家の腹の内は分からないから、それだけで本当のことを言っているのかどうか判断するのは危険だが。

「先生は囲碁はお打ちになりますか？」

「ああ、ザル碁ですがね、嗜《たしな》む程度なら打ちますが」

「この上の囲碁サロンでお打ちになることもあるのでしょうか？」

「ほう、そうでしたか、ここには囲碁サロンがあるのですか。知りませんでしたな。いやいや、ここで打ったことはありません」

浅見は啞然《あぜん》とした。内田の話とはまるで食い違っている。間宮の言うとおりだとすると、内田は何者かにかつがれたのだ。

（そうだろうな——）と浅見は思った。あんな品のない内田と、間宮のようなＶＩＰが付き合うわけがないのだ。

それでも、さらに念のために訊いた。

「昨日の夜は、『ほり川』でお食事をなさいましたか？」

「いいや、昨夜はこの上の大観苑《だいかんえん》でした」

間宮は中国料理店の名を言った。

浅見と堀越は丁寧《ていねい》に失礼を詫びて、間宮の部屋を辞去した。

「もう、これでよろしゅうございますね」

エレベーターの中で、フロント係はいくぶん皮肉めいた口調で言った。

「はい、どうも申し訳ありませんでした」

二人の「捜査員」は渋い顔で頭を下げるしかなかった。

浅見はついに腹に据えかねた。だいたい、自分の蒔《ま》いた種だというのに知らん顔をしてる内田が悪い。堀越を引っ張って内田の部屋へ押しかけた。

「内田さんひどいじゃないですか。ぜんぜん嘘っぱちじゃないですか」

「嘘っぱち？……それ、どういう意味だい。僕が嘘をついたとでも言うの？」

「そうですよ。間宮さんという人は、失踪なんかしていませんでしたよ。さっき、会ってきました」

「え？　会った？……」

内田は間の抜けた顔をして、しばらく浅見を眺めていた。それから「あははは」と笑いだした。

「浅見ちゃん、それ、騙《だま》されてるよ」

「騙されているのは内田さんのほうでしょう。堀越さんと僕がちゃんとフロント係と一緒に部屋まで行って、本人に会ってきたのですから」

浅見は間宮との会談の模様を、こと細かに話して聞かせた。

「ほんとかよ、それ？ じゃあ、ぼくが碁を打ったり、『ほり川』で奢ってもらったりしたのは、あれは誰だったわけ？」

「知りませんよ、そんなこと」

「浅見ちゃん、それ、もしかして間宮違いじゃないの？ 僕が会ったのは間宮弘毅っていう人だよ」

「そうですよ、僕たちも間宮弘毅氏に会いました」

「広島の人だよ」

「そうです、広島県福山市の人です」

「ふーん、そうなの……だったら間違いないのかな。間宮だとか弘毅だとか、どっちも比較的に珍しい名前だからね。その二つが偶然ドッキングしているっていうのは、ちょっと考えられないものな」

「ためしに、もう一回会ってみますか」

「そうだね、僕もぜひ、本物の間宮氏の顔を確かめたいね」

浅見は洋菓子を土産《みやげ》に買った。

十五階の間宮の部屋を訪れ、チャイムを鳴らす。

「なんだ、またきみたちか」

間宮は少し迷惑そうな顔を見せた。

「先程は失礼しました。これはほんのお詫びの印です」

浅見は最敬礼して洋菓子の包みを渡すと、早々に退散した。

「どうです？」

エレベーターに乗るとすぐ、浅見は内田に訊いた。

「違う顔だね。背恰好なんかの感じは似たところもないわけではないけど、顔がぜんぜん違う」

内田は考え込んでしまった。

「やっぱり騙されたんですよ」

浅見は慰めるように言った。

「そうらしいね。しかし、目的は何なのさ。僕を騙して、何のメリットがあるっていの間宮は損をしているわけだ。

浅見も堀越もまったく見当がつかない。むしろ、内田に『ほり川』を奢った分、贋《にせ》

「それが不思議ですねえ」

うのかな？」

「まあいいか、実質的な被害があったわけじゃないのだし」

内田は言って、

「しかし、失った時間は大きいな。原稿の枚数にして二十枚は書けたはずだ」

「それは僕の言いたい台詞《せりふ》ですよ。それに、堀越さんにも迷惑をかけて」

まったく内田の自分勝手は、救いようがない。

しかし、ともかく現実に何の被害もなかったことは、喜ぶべきなのだろう。なんとなく割り切れない気分を抱えながら、浅見は堀越を赤坂署へ送って、自宅に戻った。内田の台詞ではないけれど、原稿は着実に遅れて、編集者からの催促の電話が入っていた。

それから三日間は何事もなく過ぎた。

事件は四日目に起きた。

3

その朝は浅見は例によって九時過ぎまで寝て、一人っきりの食卓にいた。

「どうして坊っちゃまは、みなさんとご一緒に召し上がれないのですかねえ」

須美子は文句を言いながらも、フライドエッグを作りトーストを焼いてくれる。浅見は黄身の中が半熟程度に火が通っているのが好きなのだが、その微妙な焼き加減を須美子はちゃんと心得ている。

「やっぱり須美ちゃんにかぎるなあ」

「だめですよ、お世辞を言っても」

つんと拗《す》ねてみせるけれど、須美子は悪い気がしていない。

「今夜のお献立、坊っちゃまのリクエストで決めましょうか」

「えっ、ほんと？　ありがたいなあ。ここんところ、母さん向けに、豆腐《とうふ》だとか白身の魚だとか、そういうのばっかりじゃない。今夜あたり、できたらステーキみたいなものがいいな」

「そうですね、じゃあ、そうしましょうか」

須美子がいそいそと同意した時、電話がかかった。

「坊っちゃま、軽井沢のセンセですよ」

受話器をグッと突きつけた。これでもう、今夜のステーキは消えたな――と浅見は思った。

「浅見ちゃん新聞見た?」

内田はいきなり言った。

「まだですよ、いま起きて、食事を始めたところですから」

「だったらさ、ちょっと見てよ。おたく、毎朝新聞だったよね。だったら社会面、漫画の隣のところ」

浅見は手を伸ばして新聞を取った。

「連続強盗犯人逮捕……ですか?」

「その下その下」

「その下っていうと、『広島で老船頭不審死――殺人か?』ですか?」

「そうそう、それだよ」

「これがどうかしましたか? いまどき殺人事件なんか珍しくもないじゃないですか」

「いや、それがそうじゃないんだ。写真だよ写真、写真を見て驚いた」

「はあ、この写真ですか」

記事そのものが二段組みの、ごく小さなものだ。広島で起きた事件なんか、東京版での扱いは小さくなる。もし東京周辺で何か事件でもあれば、すぐにボツになる運命にあっただろう。

写真はあまり鮮明ではないが、七十歳ぐらいに見える男の顔であった。写真の下に「死亡した丸山清作《まるやませいさく》さん」と活字が打ってある。

「写真の顔に見憶《みおぼ》えでもあるのですか?」

「あるどころじゃないよ。そいつなんだよ、そいつ」

被害者を摑《つか》まえて「そいつ」はひどい——と思ったが、内田はひどく真剣な口調だから、窘《たしな》めることも出来ない。

「浅見ちゃん、そいつがニューオータニの間宮っていうじいさんなんだよ」

「えっ、これですか?」

浅見もようやく、ことの重大さが飲み込めた。

「しかし、この老人『丸山』っていう人ですよ」

「ああ、そうだね。だけど、間違いなくあの『間宮』と名乗ったじいさんだと思う。

写真を見ただけでは分からなかったけど、事件のあった場所を読んでピンときたね」

浅見は言われて、記事を読み始めた。ごく短い、あっさりした記事だ。


二十五日夜十時頃、広島県福山市鞆町《ともちょう》鞆《とも》と、沖合の島（通称仙酔島）とを結ぶ小型観光連絡船の中で、同船の船頭丸山清作さん（七五）が死んでいるのを、付近を航行中の漁船が発見、警察に届け出た。

福山警察署と広島県警察本部の調べによると、丸山さんは毒物の入ったジュースを飲んでおり、発見時には死後一時間程度を経過したものと見られている。関係者の話によれば、丸山さんは真面目な人柄で、他人に恨《うら》まれるようなことは考えられないという。

しかし自殺の動機にも思い当たるものがなく、警察では何らかの事件に巻き込まれた可能性もあるものと見て、自殺他殺両面で捜査を進めている。


「なるほど、鞆ですか……」

「そうなんだよ。地名は鞆町鞆となっているけれど、たぶんその辺りの海を『鞆の浦』と称するのだと思う。あのじいさん……かどうか確証はないけど、夜中の電話で

『鞆の浦へ行け』とか言っていたのは、おそらく、この事件が起きることを想定してじゃないかと思うんだな」

「それじゃ、事件を予告したというわけですか？」

「たぶんね」

「しかし、どうして内田さんに？」

「そんなことは分からないけどさ……いや、もしかすると、高名な推理作家だから、事件の謎《なぞ》を解明してくれると信じたのかもしれないな」

「はあ……」

（高名な――はどうかな？――）と思ったけれど、浅見は一応、感心したような声を出しておいた。

「となると、内田さんとしては、その信頼に応《こた》えるべきでしょうねえ」

「もちろんそうだ」

「さすがですね、ほんとうに御苦労さまです。で、いつ出発するんですか？」

「いや、僕は行かないよ。原稿の締切があるからね。第一、僕は探偵ではないのだ。行くのは浅見ちゃん、きみだよ」

「冗談じゃない、僕だって、締切でヒーヒー言っているところです」

「そんなの、構っている場合じゃないだろう？　事件はきみを待っているんだよ。僕の本の読者だって、きみの活躍を期待しているんだよ、浅見ちゃん」

内田が「浅見ちゃん」と言うたびに、浅見は首を締めつけられる想いがした。

「だめだめ、だめですよ。今回はだめです。お断りします。だめです」

「そんなにだめだめって並べなくてもいいじゃないの。いま書いてる作品にさ、事件がなくて困っていたところなんだ。頼むよ、行ってみてよ」

「呆れたなあ、事件がないのに推理小説を書いているんですか？」

「そう、書いているうちには事件も起きてくれるだろうと思ってさ……ほら、思ったとおり、ちゃんと事件が起きただろ？」

「驚きましたねえ。しかし、そうそう都合よくばかりいきませんよ」

「そんな冷たいことを言うなよ。いや、しかし浅見ちゃんはきっと行ってくれるよ。僕は信じている」

「だめですよ。とにかく僕はだめです、いなかったことにしてください」

浅見は一方的に言って、電話を切った。とたんに背後で「パチパチ」と須美子が拍手をしてくれた。

「そうですよ、それでいいんです」

「僕だって、言う時は言うんだ」
浅見は大見得《おおみえ》を切ったが、昼のニュースを見てアナウンスを聞いた直後、自主的に広島行きの準備を始めることになった。

――昨夜、観光連絡船の船頭さんが不審死を遂げていたばかりの、広島県福山市鞆の浦で、こんどはホテルの客が不審な死に方をしていたという事件がありました。
きょう午前十時前頃、福山市鞆町後地《うしろじ》・通称仙酔島にある、仙酔国際観光ホテルの従業員が、ホテル裏手の山に入ったところ、同ホテルの客で、東京に本社のあるN鉄鋼株式会社常務取締役川崎達雄《かわさきたつお》さん六十二歳が死亡しているのを発見、警察に届けたものです。

ニュースはまだ続いていたが、それを背中で聞きながら、浅見はもう自分の部屋に向かっていた。結果的に内田の思いどおりになるのはいまいましいが、事件を聞いているうちに、浅見の血が騒ぎだした。マタタビの匂《にお》いを嗅《か》いだネコのように、浅見は事件に惹《ひ》きつけられつつあった。

第二章　自殺と他殺と

1

「鞆の浦」といって、すぐにその名のイメージが浮かぶ人は、地元付近の人をべつにすれば、そう多くはないだろう。

広島県福山市鞆町——は、しかし歴史的にはかなり著名な土地柄である。

福山市の観光パンフレットには「鞆の浦」について、つぎのように紹介されている。

福山駅から南へ14キロ、沼隈《ぬまくま》半島の先端にある鞆の浦は、瀬戸内海国立公園を代表する景勝地で、おだやかな瀬戸内の海に弁天《べんてん》、仙酔、皇后などの緑の島々が浮かぶすがたはさながら一幅《いっぷく》の絵のようです。また、鞆の浦は瀬戸内海の中央にあたり潮の流れの変わる所で、その落ち着いた港町の風情に瀬戸内のふるさとを感じさせてくれる町です。

観光パンフのうたい文句は、概してオーバーなものが多いけれど、鞆の浦についてのこの説明は、ほぼ掛け値なしだと思っていい。ことに「瀬戸内のふるさと」というあたりは、やや皮肉な見方をすれば、高速交通時代の埒外《らちがい》にあるこの土地柄を、的確に表現しているといえる。

まったく、最近の旅行のスタイルはいよいよ忙しくなってきた。何が何でも遠くへ行かなければ気がすまない――という風潮なのかもしれないが、海外旅行がブームである反面、国内の鄙《ひな》びた観光地でのんびり過ごそうという旅人はほんとうに少ない。青函《せいかん》トンネルだ本四《ほんし》架橋《かきょう》だと、若い連中がイベント目当てに走り回るのはまだしも、本来なら、しっとりと旅の余情を楽しみそうな年配の人たちですら、なんとか大仏、なんとか観音といった、エセ宗教のまがまがしい巨大施設参りの団体ツアーばかりがむやみに目立つ。

鞆の浦には巨大仏像もなければ、大レジャー施設もない。あるのは、まさに「瀬戸内のふるさと」を感じさせる、いかにも素朴で、のどかな風景ばかりである。そしてそれがまことに美しい。

ただし、鞆の浦が隅から隅まで、すべて美しい景観であるというのでは、もちろんない。鞆の浦沿岸にもごくふつうの暮らしをする人々が住み、日々のたつきに励んでいる。零細な漁業者もいるし、海岸線を北へゆくと、すぐ隣には寂れた工業団地もある。

かつて盛んであった酒造りの家も、ボロボロの壁を傾けて、ひたすら歴史の重みに喘《あえ》いでいるかのようだ。

その酒造りの家は、明治維新の際の、例の「七卿落《しちきょうお》ち」の公卿《くげ》たちを庇護《ひご》した名家であったという。近くには北朝軍と南朝軍が戦った大可島城跡や、足利尊氏《あしかがたかうじ》が建立《こんりゅう》した安国寺《あんこくじ》などもある。

また、足利義昭《よしあき》が織田信長《おだのぶなが》に追われ、毛利《もうり》を頼ってきて、この地に「鞆幕府」と呼ばれる足利最後の拠点を樹《た》てたといわれる。

そういった「つわものどもが夢のあと」は、いまはひっそりと、瓦《かわら》屋根ばかりの低い家並そのもののように、鞆の浦の風景の中に沈んでいる。そのさりげなさが、なんとも味わい深いものなのである。

鞆の浦の美しい風景に浸りきりたければ、仙酔島に渡るのがいい。仙酔島からの眺望には、瀬戸内海はおろか、日本中の海でも残り少なくなった、手垢《てあか》に汚れていない「むかし」がある。

夏の海水浴シーズンを避ければ、この島はたとえ束《つか》の間《ま》でも、浮世の憂《う》さを忘れさせてくれる別天地だ。茜雲《あかねぐも》を映した夕暮れの海に、黄金色の波を立てながら、小さな漁船が港に帰る風景は、たぶん子供の頃、どこかで出会ったような郷愁を蘇らせる。

この美しい鞆の浦、仙酔島で、同じ夜のほぼ同じ時刻に、二つの変死事件が起きた。

福山市鞆町鞆の沖合、通称『鞆の浦』に浮かぶ仙酔島は、あいだに弁天島という小さな無人島を挟んで、船でほんの七、八分の距離にある。

船は市営の渡船《とせん》があるほか、仙酔島唯一の旅館・『仙酔国際観光ホテル』専用の観光連絡船がある。「連絡船」といっても、陸側の船着き場と仙酔島の船着き場を往復して客を運ぶだけの、ちっぽけな船である。

三月二十五日の夜十時過ぎ、この連絡船が、陸地と弁天島のあいだを漂流しているのを、付近を通りかかった漁船の、松野《まつの》という船長が発見した。

発見した時、連絡船は灯火を点灯し、エンジンを切った状態で漂っていた。

接近するまでは、松野船長はそれほど奇異には感じなかったのだが、擦れ違う時になって、連絡船には誰も乗っていない様子であることに気付いた。

っている。

この連絡船は、ふだん仲間内で「マルさん」と呼んでいる丸山清作という老人が操

松野は船足を停《と》めて、連絡船に接舷《せつげん》すると、中を覗き込んだ。

小さいといっても、連絡船は十何人かの客を運ぶことができる、恰好は悪いが、箱型の客室を載せている。ガラス窓を大きめにして、お客が景色を楽しめるようにもしてある。松野はその窓から中を覗いたのだが、丸山老人の姿は見えなかった。

「どうしたんかのう?」

松野は機関長の息子に声をかけた。もっとも、船長といい機関長というが、漁船はその二人だけで操業する、小さな船である。

「もやい綱《づな》が外れて、漂流しとなんとちがうか」

「ほうやのう、しょうがないけい、仙酔島まで引っ張って行くかな」

「一応、無線で連絡するけどが、中を見てみいや」

息子は承知して連絡船に乗り移った。ちょうど潮止まりの時刻で、静水といってもいいような状態だったが、夜の海は怖い。二人は注意深く行動した。

だが、ドアを開《あ》けて客室に入ったとたん、息子は狼狽《ろうばい》した様子で飛び出した。

「大変じゃ! 死んどるで……」

「死んどるって、じいさんがかい？」

「ほうじゃ、マルさんが死んどるんじゃ」

松野が息子と代わって連絡船内部を見ると、丸山老人は客室の長椅子の前に、長々と横たわっていた。ちょうど漁船側からは死角になっていて、発見しにくかったのだ。触《さわ》ってみると、まだ温《ぬく》もりが残っている。松野は人工呼吸をしたり、頰《ほお》を叩いて大声で呼びかけてみたりしたが、すでに死んでいるのはまちがいなかった。

それから大騒ぎになった。松野は無線で漁協に連絡する一方、連絡船を曳航《えいこう》して陸地側の船着き場へ向かった。

現場は船着き場のつい目と鼻の先のようなところだ。昼間なら、手を振って大声で呼べば分かりそうな距離である。

漁協から警察に連絡して、近くの鞆派出所から巡査が駆けつけた。その頃にはすでに漁協からの連絡を受けて、鞆の浦サンライズホテルからも、大勢の人間が出てきていた。

鞆の浦サンライズホテルは仙酔国際観光ホテルと経営が同じ姉妹ホテルで、船着き場の目の前にある。

第一発見者の松野もそうだが、鞆の浦サンライズホテルの従業員たちも、最初、丸山老人は脳溢血《のういっけつ》か心臓麻痺《まひ》か何かで死亡したものと思った。

丸山清作はことし七十五歳。そういう病気で急死したとしても、不思議はない。発見当時、松野親子もそう思って、蘇生《そせい》の可能性があるかもしれない――と、老人を抱き起こしたり、胸を押してみたりしている。

そういう調子だったから、船が船着き場に横づけされた時、人々は躊躇《ちゅうちょ》なく、丸山老人の遺体を陸に上げてしまった。

巡査が駆けつけたのは、その直後である。

巡査は遺体の様子を見て、ひょっとすると変死の疑いがあると判断し、現場を保存しなければならないと思ったのだが、その時はすでに遅かった。

鞆町の派出所は、鞆町が福山市と合併する前までは、小規模ながら独立した警察署であった。明治・大正から昭和の初め頃までは、鯛網漁の本場である瀬戸内の漁港として、鞆港はけっこう賑《にぎ》わっていたのである。

警察署のグレーに塗られた洋館風の建物は、その当時のもので、現在もそのまま派出所として使用されている。だだっ広い建物の中に、巡査がたった一人で勤務しているのは、いかにも心許《こころもと》ない感じがする。

その夜、派出所には後藤《ごとう》という若い巡査が勤務していた。後藤は警察学校を出て間もない。まだ経験は浅いが、警察官としての基本的な知識はしっかりしているし、仕事ぶりは真面目で、規則には忠実に従う優秀な警察官だ。

後藤は老人の死に変死の疑いがあると判断して、ただちに連絡船から人を遠ざけた。とはいっても、経験の浅い後藤巡査に確信があったわけではない。一応、念のため——という程度の気持ちだった。だから、指示を出すのも遅れぎみで、それまでの段階で、かなり多くの人間が連絡船に入り込み、現場の保存状態は絶望的に悪かったことも事実である。

三十分後には、福山警察署から検視と実況見分のために、パトカー四台に分乗した捜査員たちがやってきた。一隊の指揮は野上《のがみ》警部補がとっている。

野上は、ひと目死体を見て、服毒死と断定した。

「こりゃ、青酸じゃな」

青酸による死亡事件は、過去に三度出会っていた。

船室内を見回すと、いちばん奥の客席の下——つまり、船首が上がり、船尾が下がって、ほんの少しだけだが傾きのある床の、最も低くなっているところに、ジュースの缶が転がっていた。それ以外、船内にはゴミひとつ落ちてない。いかにも几帳面《きちょうめん》な丸山らしかった。

老人の横たわっていたところからジュースの缶のある場所まで、点々と、まだ乾ききっていない滴《しずく》の痕《あと》が繋がっている。明らかに、老人の手から離れた缶がそこまで転がっていったことを想像させた。

「これじゃな」

野上はジュースの臭《にお》いを嗅いで、眉をひそめて言った。

缶の中身はわずかだが残っていた。後の調べで、ジュースには青酸性毒物が混入していることが判明した。

とにかく、丸山老人が毒入りジュースを飲んで死亡したことは、その時点でもほぼはっきりしていたといっていい。

問題は自殺か他殺か——という点である。

青酸性毒物の効果は爆発的だ。おそらく、老人はジュースを飲んだ瞬間、すぐに異変を感じたことだろう。

ただし、舌先で感じる刺激は、柑橘《かんきつ》類やコーラのそれと似通ったところもある。だから、かりに知らずに飲んだとしても、老人が疑いながらも、最初のひと口を飲み込んでしまったということは考えられる。しまった——と思った時には、もはや遅いのである。

関係者の話によれば、老人には自殺の可能性はまったく考えられないということであった。かといって、殺される理由があるとも思えない。

「マルさんが人に恨まれるようなことは、考えられません」

丸山清作は仙酔国際観光ホテルの使用人だが、ホテルの従業員の誰に訊いても、そういう答えが返ってきた。

家族は「鞆美《ともみ》」という孫娘が一人いるだけで、二人は鞆町地区の北の海岸に連なる工業団地の、もっとも北の外れの一軒家に住んでいる。もっとも、清作老人のほうは、いつ連絡船が必要になるか分からないので、仙酔国際観光ホテルの宿舎に泊まることが多かったということであった。

「その孫娘いうのはまだ来んのかね？」

野上は部下に訊いた。

「はあ、さっき家のほうに知らせに行ったんですが、留守じゃったそうです。福山市内に勤めておるのやそうですが、まだ戻らんいうことのようです」

「こんな時間にか」

野上は腕時計を見た。すでに十一時を回っている。自分の娘なら張り倒してやりたいところだ。

「両親はおらんのかね」

「はあ、両親は二十年ほど前に死亡しておるいうことでした」

「ふーん、何でかね？　事故か？」

「自殺だそうです」

「自殺？……」

野上は思わず声が大きくなった。近くにいたホテルの従業員が、ビクッとしたように振り返った。

2

（今夜、この男に抱かれることになるのかもしれない――）

鞆美は車の振動に身を任せながら、漠然とそう思った。けだるい酔いが全身を弛緩《しかん》させ頭を空白にしている。

男には、最初からこういう計画があったような気がしないでもなかった。「加藤先生の謝恩パーティー」というのは、もともと彼が言い出したことだ。

仕事にもそのくらい身を入れてすれば――と思えるほど、ずいぶん熱心に幹事役を勤めていた。

もっとも、仕事に関してはまったくダメ男であっても、麻雀や悪い遊びのこととなると、異常に才能を発揮する――というのは、よくあるケースだ。彼には鞆美の知らない面で、会社や上司に珍重《ちんちょう》される要素があるのかもしれない。現に、この男に呼び出されて、「鞆美も手伝ってくれよ」と言われた時には、なんとなく断るわけにはいかないようなムードに引き込まれ、会場を設営したりプレゼントを買ったりという準備も、ついつい手伝わされる羽目になった。

パーティーがはねて、親しい仲間だけの二次会のそのまた二次会があって、気がついたら男の車に乗っていた。そういえば、ほかの連中にはさんざん勧めながら、男は「車だから」という理由で、ほとんど酒を飲んでいない様子だった。

たぶん「送って行くよ」ということだったのだろうけれど、鞆美はそのへんの記憶が曖昧だ。そんなに強くもないのに、雰囲気にさそわれるまま、つい飲み過ぎたという悔いが少しあった。

店を出てから、曲がりくねった坂道を登ったから、おそらくいま走っているのは福山グリーンラインだと思う。

福山市街を出はずれたところから、鞆の浦まで、山々を尾根づたいに行き、瀬戸内海を一望できるドライブウェイだ。

もっとも、深夜は暗闇《くらやみ》の中のデートコースになる。鞆美はいちども経験がなかったが、友人の話によれば、夏の夜ともなれば、ドライブウェイのところどころに設けられた駐車場や展望台は、どこもかしこもアベックの車でいっぱいだそうだ。

パーティーの時はおそろしく饒舌だったくせに、二人きりになると、男は妙に無口になってしまった。それだけに、かえって男の底意が見えるような気がする。

男は中学時代の先輩というだけのことで、嫌いではないけれど、とりたてて好きな相手でもなかった。

二十二歳にもなって、鞆美には特定の恋人がいない。高校を出て最初に勤めた証券会社で好ましい男性にめぐりあったことがある。東京本社から支店長代理として赴任した青年だった。たぶん幹部候補生だったのだろう。顔かたちもよかったし、何よりも頭の切れが、ほかの連中とは際立ってちがった。

社内の女性たちのあこがれを一身に集めたといっていい。鞆美もその青年にほのかな想いを寄せていた一人だった。廊下などで擦れ違うと、青年はいつでもソツのない笑顔を見せる。まるで「いつかね」と誘うような笑顔で、鞆美はそのつど、心臓が痛くなるほどのときめきを覚えた。

しかし、そのうちに、東京本社の重役令嬢が彼のフィアンセだという事実が分かった。そして、社内で刃傷沙汰《にんじょうざた》が発生した。鞆美と同じ職場の先輩女性が、青年を刺したのである。といっても、青年がはたして彼女に結婚の約束をしたとか、そういった「誘惑」の事実があったかどうかは分からない。もしかすると、青年への想いをつのらせていたのは、彼女の錯覚によるものであって、青年にしてみれば、鞆美にもそうであったように、例の「いつかね」の笑顔を、彼女に見せていただけなのかもしれなかった。

世の中にはそういう、巧《たく》まずして人を魅了《みりょう》するような、一種の「才能」に恵まれた人物がいるものである。

だとすれば、青年にとってはまったくの災難であったことになる。罪つくりなのは、彼の美貌《びぼう》とソツのなさだったわけだ。

その事件は警察はもちろん、外部に漏れることなく抑えられたが、青年はすぐに東京に呼び戻された。その後まもなく、女性は退職させられた。鞆美もなんとなくいやけがさして、ちょうどいまの職場に誘われたこともあって、証券会社を辞めた。青年のほうがクビになったという噂《うわさ》は、いまだに聞かない。

もともと、祖父にきびしく育てられたせいもあって、ボーイフレンドとの付き合いもなかった鞆美だが、それ以来、ますます男性不信に陥った。むしろ、男性恐怖症というべきかもしれない。

その鞆美が若い男と二人きり、デートコースといわれる山道で深夜のドライブをしている。わずかずつ酔いの醒《さ》めてゆく中で、鞆美は逆に、平静に戻ることを惜しむ気持ちもないではなかった。

山頂の展望台駐車場には、二台の先客があった。男はそれらの車とたっぷり距離を置いた場所を選んで、車を停めた。

「大丈夫か？」

鞆美の顔を覗き込んで、訊いた。

「何が？」

「だいぶ苦しそうじゃったし、酔うたんじゃあないか思ってな」

「大丈夫よ」

鞆美は顔をそむけるようにして、大きく息を吐いた。きっと酒臭い息をしているのだろうな——と、自己嫌悪を感じていた。

男は照れ臭そうにラジオのスイッチを入れた。番組と番組との境目らしく、ＣＭが流れていた。それからニュースが始まった。県内版のニュースで、最初の二つはあまり関心をよぶものではなかったが、三つめに「鞆の浦の……」というナレーションが聞こえ、鞆美は注意を惹《ひ》かれた。

——ただいま入ったばかりのニュースです。福山市内鞆町と鞆の浦の仙酔島を結ぶ連絡船の船頭さんが、船の中で死んでいるのを、通りがかった漁船の船長さんが発見、警察に届けるという事件がありました。今夜十時頃、鞆漁港に帰る途中の第十四松《しょう》風丸《ふうまる》の船長、松野武《たけし》さん五十八歳が、鞆町と仙酔島のあいだを漂流中の船を見つけ、不審に思い調べたところ、この船は仙酔国際観光ホテル所有で、鞆町と仙酔島を結ぶ連絡船・仙酔丸五トンであり、船の中で船頭の丸山清作さん七十五歳が死亡していました。警察で調べたところ、丸山さんは毒物を飲んで……

「早く！」

鞆美は男の腕を摑んで、叫んだ。

「ん？」

男は一瞬、考え違いをしたらしい。

「早く、車を出して！　祖父《じい》ちゃんが死んだんよ！」

「えっ、死んだ?」

男は慌ててサイドブレーキをはずした。

3

ちょうど零時の時報が鳴るのと同時くらいに、丸山鞆美は鞆の浦サンライズホテルに走り込んだ。

ホテルのロビーには、支配人以下、ホテルの従業員のほかに捜査員など、合わせて十数人がいた。

「祖父ちゃんが死んだって、ほんま?」

鞆美はドアの近くにいたドアボーイをやっている若い従業員を摑まえて訊いた。

「ああ、ほんまや」

重苦しい答えが返った。

「どうして死んだん」

鞆美は涙声で言ったきり、絶句した。しかし、彼女の悲痛な叫びは、かならずしも同情ばかりで迎えられたわけではなかった。

「いま時分まで、どこへ行っとったんじゃあ？」

仙酔国際観光ホテルの支配人が、叱《しか》るように言った。

「何回も家に知らせに行ったのに、ずっと留守じゃったろが。じいさんがえらいことになってしもたいうのに」

「すみません、それで、祖父はいま、どこにおるん？」

「…………」

怒ってはみたものの、さすがに、鞆美が「遺族」であることを思い出して、支配人はグッと言葉につかえた。

「あんたが丸山さんのお孫さんですか？」

野上警部補が脇から訊いた。鞆美はこくりと頷いた。

「お祖父さんの遺体は、現在、司法解剖のために病院のほうへ行っています」

「司法解剖……」

祖父の体が切り刻まれる情景を想像して、鞆美は足の力が抜けた。あやうく倒れそうになるのを、椅子に座って防いだ。

「大丈夫ですか？」

野上は鞆美の肩を叩いた。

「気持ちをしっかり持ってください」

「はい、大丈夫です」

「あとで病院にお連れしますが、その前に事情聴取をさせてください」

「はあ……」

鞆美はやっとの思いで答え、逆に質問を発した。

「あの、ニュースでは毒を飲んだとかいうてましたけど、ほんまのことですか?」

「事実です」

「なんでですの? なんで、祖父は毒を飲まにゃあならんかったんですか?」

「それは分かりません。これから調べるところなのですから。そのために、あなたもぜひ協力してもらわな、なりません」

野上警部補は冷静な口調で言った。鞆美はまるで野上が祖父を殺した犯人でもあるかのように、憎悪のこもった目を向けながら頷いた。

それから別室に入って、長い事情聴取が行なわれた。野上の質問の重点は、鞆美の祖父に自殺の動機があったかどうかということ。それから、彼女の両親が自殺したことに向けられた。

「分かりません」

鞆美は、そのどちらの質問に対しても、悲しそうにそう答えるしかなかった。

「祖父はいつも陽気でしたし、一度だって悲観的なことを言うのを聞いたことがないほどです。それと、両親が自殺したのは、もう二十年も昔のことですから」

鞆美がまだ二歳の頃だ。むろん、記憶などあるはずがなかった。

「お祖父さんは、どうでしたか？　その事件のことについて、何か話していなかったのですか？」

「祖父は、そのことについてはあまりというか、ほとんど話してくれませんでした。ただ、事業の失敗を悲観したためだとか、そういうことは言ってましたけど」

この事情聴取が行なわれている最中に、解剖所見が伝えられた。やはり青酸性の毒物による急性中毒死であることが確認された。死亡推定時刻は午後九時を中心とする、前後三十分。発見が早かったために、かなり狭い時間帯に特定できた。

関係者の話を総合すると、最後に、近くで丸山老人を見たのは、仙酔国際観光ホテルの従業員・中嶋敏江《なかじまとしえ》であったらしい。

敏江は、丸山老人が対岸の船着き場から運んできたホテルの客二人を、いつもどおり仙酔島の船着き場まで迎え、客が船を下りるあいだ、もやい綱を確保していた。

「今夜はえらく海が暗いなや、闇夜じゃったかな」

客の荷物を手渡しながら、老人はのんびりした口調で言った。

それから、敏江は老人に「ご苦労さま」と声をかけただけで、客の荷物を両手に下げると、客を先導してホテルに戻った。

時刻は午後八時少し前頃だったという。

「べつに、丸山さんには変わった様子はありませんでしたけど」

中嶋敏江はそう言っている。

老人は客を下ろしたあと、しばらく船着き場にいたが、やがて沖へ向けて船を出した。船が入江を出てゆくところは、べつの宿泊客によって目撃されていた。

大阪から来た八人グループの客の中の二人で、たまたま二階の部屋の窓から、連絡船の出入りする、暗い入江の風景を眺めていて、船が岬を回って見えなくなるまで、目で追っていたのだそうだ。

そのあと、どうやら丸山老人は、船をいったん陸地側の船着き場につけたらしい。それは今度は、鞆の浦サンライズホテルの宿泊客が目撃していた。

陸地側と仙酔島とのあいだは、直線距離にしてものの三、四百メートル程度。陸地側の船着き場から島の船着き場まで、岬を迂回《うかい》して行ったとしても、せいぜい七、八百メートルである。

この海峡は、陸地と仙酔島の中間に弁天島があって、航路としては狭く、大型の船の航行には適さない。したがって、あまり往来する船もない。それだけに、時たま、暗い海に明かりをつけた船が走る風景は、そぞろ旅情をそそって、なかなかいいものだ。

ことにガラス張りの箱型をした仙酔丸が静かな水面をゆらゆらゆく様子は、なんとなく精霊《しょうりょう》流しを想わせて、情緒がある。

鞆の浦サンライズホテルは八階建で、六階の部屋に泊まった新婚のカップルが、その風景を眺めていた。

その時、二人のあいだでも「まるで精霊流しみたいやわ」という会話が交わされたそうである。

その二人の話によると、箱型の船はこちら側の船着き場について、しばらくはじっとしていた。それからふたたび岸壁を離れ、仙酔島とは逆の右の方角へ向かって行き、やがて見えなくなった。時刻はおそらく八時半頃であった――という。

「右へ行ったのですね?」

事情聴取に当たった刑事が、その点をしつこく確認している。

ホテルの窓から見て「右へ行った」ということは、つまり南へ向かったということになる。南へ五百メートルほど行った辺りから、さらに右へ――西へちょっと入ると、そこは鞆港である。

しかし、仙酔丸が鞆港に入ったかどうか、目撃者はいない。その時刻に入出港する船はなかったし、港付近に出ていた者もいなかった。もしいれば、仙酔丸の特徴のある明かりは目撃され、記憶されていたにちがいないと思われた。

そのあと、仙酔丸が発見されたのは、松野親子の漁船によってである。

そしてその時にはすでに丸山老人は死亡していた。したがって、老人は午後八時半頃までは生きていたのだし、それ以後、どこで何をしていたのか。また、どこで毒を飲んだ（あるいは飲まされた）のか、まったく分からないということだ。

鞆美は事情聴取が終わると、祖父の遺体のある病院に連れて行かれた。解剖されたというが、一見したところでは、どこを切られたのか分からない。老人はむしろ眠っているような安らかな顔をしていた。それだけが、鞆美にとって、せめてもの慰めであった。

その夜の捜査はそこでいったんストップということになった。実況見分や聞き込み捜査もかなり進んだが、思ったほどの収穫はなかった。何しろ、丸山老人の死が自殺なのか他殺なのかすら、まだ断定する材料が不足している状態だ。

連絡船の中からは無数の指紋が採取されたが、この日、連絡船で渡った客や従業員の数だけでも五十人以上だそうだ。それに、いくら掃除好きの丸山でも、細かい部分の拭《ふ》き掃除などはしていないだろうから、もう何日も前からの指紋が残っているにちがいない。そういうことを考えると、証拠となり得るものが、どれほどあるのか、はなはだ疑問といわざるを得なかった。

そして、事件は翌日になると、思いがけない展開を見せることになった。

4

N鉄鋼株式会社常務取締役の川崎達雄の姿が見えなくなったのは、どうやら昨夜のことらしい。

川崎は会社の部下二人とともに、昨日の午後三時頃、仙酔国際観光ホテルに着いた。六時頃から食事が始まり、少し酒を飲んで、七時過ぎ頃には各自の部屋に戻った。

そのあと、八時を回った頃になって、川崎だけが一人で外出した。

「ちょっと出掛けてくる」

フロントにキーを預ける際に、川崎はそう言っている。服装は到着した際のスーツ姿から、ネクタイをはずしただけという恰好であった。食事をする際には風呂《ふろ》にも入って、ホテルの丹前姿《たんぜんすがた》だったから、川崎は外出するために、わざわざまた洋服に着替えたということだ。

　フロント係は、川崎がその辺りを散歩してくるものと思って、「お気をつけて行ってらっしゃいませ」と送り出した。

　仙酔島の周辺にはいくつもの砂浜がある。船着き場のある入江を除けば、五つか六つある岬と岬のあいだはすべて砂浜だ。汚染の進む瀬戸内海だが、ここの砂浜はまだ汚れが少ない。夏ともなれば、備後地方随一の美しい海水浴場として賑わう。

　夏はもちろん、春と秋も日中なら散策を楽しむ観光客もチラホラ見られるけれど、いまはまだ、それには少し早い季節だった。

　だから、フロント係は、川崎が言葉どおり「ちょっと」だけで帰ってくるものと思っていたのだそうだ。

　その川崎が戻らなかった。ふだんなら、だいたい十一時が門限になっているのだが、たまたまこの夜は丸山清作の事件が勃発《ぼっぱつ》して、大騒ぎになっていたために、門限どころではなかった。

　仙酔国際観光ホテルの支配人も陸側に渡って、事件の事後処理に当たっている。ほかにも全部で六人の従業員が、本土と島のあいだを何回となく往復した。

その騒ぎにとりまぎれて、帰りの遅い客のことなど、失念してしまった。いや、誰かが知っているのだろうと、おたがいにそう思い込んでしまったということもあった。

従業員が川崎の部屋の鍵が、フロントのキーボックスに置かれたままなのに気付いたのは、明け方になってからである。

しかし、その時には、おかしいな——と思ったものの、川崎が部下の部屋に入り込んでいるのかもしれないと考え、深く追及しないまま放っておいた。グループ客の場合、客同士が仲間の部屋に入り込んで、マージャンやポーカーといった、簡単な賭博ゲームなどで徹夜することは珍しくない。

川崎の行方が問題になったのは、朝食の時間になっても川崎が現われないために、心配になった部下がフロントに問い合わせてきた時からだ。

「えっ？　ご一緒のお部屋ではなかったのですか？」

フロントは驚き、川崎の部屋の鍵を預かったままになっていることを告げた。そしてはじめて、川崎が昨夜からホテルを出たきり、帰っていないらしいことが判明した。

仙酔島にはこのホテルのほかに、数軒の民宿や民家がある。しかし、仙酔島に川崎の知人がいるという話は、誰も聞いたことがなかった。かりに、たまたまその家のどこかに立ち寄ったとしても、この時間になって、いまだに何も連絡がないというのは異常だ。

「何か異変があって、連絡もできない状態なのではないか……」

川崎は六十二歳。心臓の発作や脳溢血で倒れてもふしぎのない年齢だ。二人の部下はオロオロして会社関係者に連絡を取った。

N鉄鋼福山工場は福山市の東郊外にある。川崎ら三人はいずれも東京本社の人間で、一昨日から来福していた。

前夜は福山センターホテルに泊まり、夜遅くまで会社関係者との会合をこなした。二日目は慰労の意味もあって、宿を仙酔国際観光ホテルにとり、大いに寛ごうというスケジュールだったのである。

連絡を取ったものの、間《ま》の悪いことに、時間がちょうど通勤時間に当たっていた。責任ある地位の者が会社に出てきたのは、始業時刻の九時近くになってからだった。

——川崎常務失踪？——

理由が何であるにせよ、これはN鉄鋼にとって重大事件であった。川崎はN鉄鋼の中では専務につぐ実力者で、ことに福山工場設立の立役者であった。

N鉄鋼が福山に工場を建設したのは、昭和三十年代後半の、新産業都市旋風が全国の自治体に吹きまくった頃である。ちょうど「所得倍増論」が叫ばれた高度成長期のまっただ中だ。

広島県の西、中部が大型工場の建設で、雇用《こよう》需要が拡大しているのと対照的に、備後地方は過疎が進捗しつつあった。その遅れを取り戻すために、福山市は東部郊外の引野《ひきの》町地先の海を埋め立て、一大工業施設を誘致する計画を樹てた。

その計画の相手として白羽の矢を立てたのが日本第二位の製鉄会社・N鉄鋼だった。

福山市と広島県は、N鉄鋼誘致のために、きわめて有利な条件を提示した。工場用地の提供、道路の敷設《ふせつ》、用水の確保等々がそれである。当時、全国の中小都市が先を争って企業誘致に奔走した、典型的な例が、福山にもあったのだ。

その結果、福山市は関連企業を含め、およそ十万人ともいわれる雇用を確保した。地場産業は振興《しんこう》し、商業も活性化した。人口も十万人から、三十万人を超えるところまで膨《ふく》れ上がった。

だが、その代償として、瀬戸内海有数といわれた美しい海と、鯛網漁で知られた漁業を失うことになった。

おまけに、主として引野町を中心とした漁業者の転業補償は、県と市が引き受けたのである。

この信じられないほど有利な条件を、広島県と福山市から引き出したのが、川崎達雄をチーフとする、N鉄鋼のプロジェクトチームであった。ことに川崎は存分に辣腕《らつわん》を揮《ふる》って、自治体の抵抗や住民の反対運動までねじ伏せたといわれている。

ともかく、敵も多いけれど、経営手腕については定評以上のものがある。さんざん手玉に取られたはずの福山市や広島県でさえ、川崎にはいまでも一目も二目も置いているのだそうだ。

その川崎が行方不明になったからといって、N鉄鋼としては、事情がはっきりしない段階で、いたずらに騒ぎ立てるわけにはいかない。警察に捜索を依頼するというのは、よほど切迫しないかぎり、考えられなかった。

とはいえ、放置しておくわけにもいかないので、とりあえず工場から人員を差し向け、仙酔島一帯を探すことになった。

だが、彼らが島に到着するより早く、仙酔国際観光ホテルの従業員が、島の西の外れ、弁天島に向かって突き出したような岬の磯で、頭を血だらけにして倒れている川崎を発見した。時刻は午前十時頃であった。

川崎は昨夜ホテルを出た時の服装のまま、すでに死亡していた。

ホテルからの連絡で、すぐに警察が駆けつけた。ほとんどが、昨夜の丸山老人の事件に関与した捜査員とダブっている。野上警部補ももちろんその中にいた。

川崎の死因は頭部を石で殴打《おうだ》されたことによる、脳挫傷《のうざしょう》であった。殴打は一度だけで、しかもそれで充分だった。皮膚の一部が切れ、出血しているが、それ自体は大したことはない。

驚いたことに、川崎の死亡推定時刻も、ほぼ丸山老人の場合と重なる、午後八時から十時のあいだ――と見なされた。

異なるのは、川崎の死が殺害されたものであることが、はっきりしているという点だ。

5

この日の午後、福山警察署内に『鞆の浦殺人事件捜査本部』が設置された。県警本部から江島雄一《えじまゆういち》警部が指揮する捜査第一課のスタッフが来援した。江島警部とは、野上は初顔合わせである。三十歳になったばかりという江島は、県警内部でも評判のエリート捜査官だと聞いていた。

野上は三十八歳。どうも若手の主任とはやりにくい。ことに新人類と呼ばれるような、パリパリした感じだと、感覚的に肌が合わないせいか、なんとなくギクシャクして、その気がなくても反目《はんもく》しあうようなことになりかねない。

（まあ、なるべくおとなしくしていることじゃな——）

野上は江島と会う前から、自分にそう言い聞かせつづけていた。

その江島警部主導で、夕刻から最初の捜査会議が開かれた。

「まず、第一の問題は、仙酔島およびその近くの海で発生したこのたびの二つの事件について、同一の要因による事件と見なすかどうかという点ですね」

江島は開会宣言の直後、こう切り出した。

「もしこれが、偶然に隣りあって起きた、まったく別個の事件だとしたら、もちろん捜査本部は二つ必要になってくるわけで、そのへんの判断を早急にしなければなりません。そこでまず、福山署刑事課捜査係長の野上警部補から、これまでの捜査の状況について、総括的に説明をしていただきましょう」

江島はおそろしく紋切り調に言った。自分を含め、各人がそれぞれの立場を明確に意識するように——という狙《ねら》いがあるのかもしれない。

野上は立って、これまでに明らかになった事件の概要を黒板の上に個条書《かじょうがき》にして説明した。

それによると、事件に関連する事柄は次のように整理された。

事件の発生状況――

一、三月二十五日午後八時頃、丸山清作は仙酔島の船着き場に客を下ろし、まもなく入江を出航した。

（仙酔国際観光ホテル従業員・中嶋敏江および、同ホテル客二名によって目撃されている）

二、丸山清作の連絡船は八時十分頃には鞆町の岸壁側の船着き場に接岸した。

三、その後、丸山は八時二十分頃、岸壁を離れ鞆港方面に船を動かした。

（右記二点は、鞆の浦サンライズホテルの宿泊客二名によって目撃されている）

四、午後十時頃、松野親子が乗った漁船が仙酔丸と擦れ違う際、松野は仙酔丸に異常を感じ、丸山清作の死を確認した。

（以上が丸山清作関連のものである）

五、同日午後八時頃、N鉄鋼常務取締役・川崎達雄は仙酔国際観光ホテルを出た。

六、川崎は午後八時～十時までの間に、仙酔島の最西端の磯で何者かと会い、付近にあったと見られる石による殴打によって死亡した。

七、ホテルを出てから殺害されるまでの間の川崎の動向はまったく不明。

「それだと、午後八時から午後十時までのあいだ、丸山清作と川崎達雄の行動は重なっているように見えますね」

江島警部は捜査員たちが問題点をはっきり把握できるように、わざと確認した。そういう、無用とも思えるような心配りをするのは、エリートの特徴だ。その上に、江島は自分の若さを過剰に意識するせいか、それともそういう主義なのか、言葉づかいが下級者に対しても丁寧だ。

「はあ、そのとおりです。丸山と川崎氏の死に関連があることは、ほぼ断定してもいいと、このように考えられます」

野上も無意識に演説口調になった。

「つまり、二人は同一犯人によって殺害されたということですかね」

「いや、二人とも殺害されたかどうかは、断定できないと思います」

「ん？　それはどういう意味です？」

「これはもちろん、まだ仮説の段階でありますが、丸山が川崎氏を殺害し、その後、自分も毒を飲んだということも考えられるわけでして」

「なるほど。その可能性はありますね。だとすると、丸山は川崎氏に怨《うら》みを抱いていたということですか。その理由は何です？」

「じつは、まだようやく、ホテルの従業員を中心に聞き込みを完了した段階でありますので、はっきりしたことは言えないわけですが、丸山はかつて、福山市の東側、引野町で、代々漁業を営んでおった者であります。ところが、昭和三十八年にN鉄鋼が工場を建設するにあたって、引野町の沖合一帯を埋め立てすることになり、漁業権を放棄せざるを得ないことになったという経緯《いきさつ》があります。その時に、N鉄鋼側で工場建設の陣頭指揮に当たったのが、当時まだ四十歳前で、N鉄鋼の企画室長であった川崎達雄氏だったということであります」

「昭和三十八年といったら、いまから四半世紀も昔のことじゃないですか」

「そうです」

「私がまだ幼稚園の頃ですか……」

江島が感慨深そうに言ったので、捜査員たちのあいだに笑い声が流れた。なんとなく、テレビタレントが一般人の反応を楽しむようなのと似通ったところがあって、野上はあまり好ましいとは思わなかった。

「そんな昔の怨みを、いまごろになって果たすというのは、ちょっと考えられないのじゃないですかねえ？」

江島は微笑を浮かべて、言った。

「いや、それだけならいいのですが、埋め立て工事が完了し、N鉄鋼福山工場の第一号高炉《こうろ》が完成、稼働を開始してまもなく、丸山の息子夫婦が心中事件で死亡してしまったのです」

「ほう、それにもまた川崎氏が絡んでいたというのですか？」

「いえ、それについてはまだ調査しておりませんが、ただ、ちょっと耳にした話では、漁業権を売り渡したのは息子夫婦の主張によるものであって、丸山清作は断固反対の立場を取っておったのだそうです。ところが、その後に始めた事業が、どうも思わしくいかないので、息子夫婦は責任を感じ、悩んだあげくに自殺したということです。その当時のことを知る人の話によると、丸山は『息子はN鉄鋼に殺された』と言って、ひどく怒っていたそうです」

「なるほど、かりにそれが事実だとして、犯行の具体的な方法はどういうものであったと考えられますか？」

「まず、丸山は川崎氏を何かの理由をつけて仙酔島の西の磯に誘い出したと思われます。自分は島に客を送ったあと、いったん陸側の船着き場に戻り、つぎにこのコースを通って島に渡ったのではないかと……」

野上は黒板に描かれた地図に点線でルートを示した。弁天島の南側を大きく迂回して、仙酔島の磯に達するU字形のコースだ。

「これによれば、鞆の浦サンライズホテルの新婚客が『船は南の方角に向かった』と言っているのと合致するわけです」

「しかし、新婚さんは、船は見えなくなったと言っているのじゃなかったですか？」

「はいそのとおりです。もっとはっきり言えば、船の灯火が見えなくなった――というこどだと思います。つまり、丸山は南へ航行しながら、船の灯火を消してしまったために、新婚客は、あたかも船が岸壁に隠れて見えなくなったように思ってしまったのだと推定されます」

「なるほどねえ。そして島に上がり、待っていた川崎氏を殴打して死にいたらしめた――というわけですか……」

江島は感心したように頷いてから、首をひねった。

「しかし、そんなにまでして、まあ、うまいこと川崎氏を殺害しておきながら、なぜ丸山は死ななければならなかったのですかねえ。いわば完全犯罪をなし遂げたと言ってもいいわけでしょう？　私が丸山なら、そ知らぬ顔で船を戻して、家に帰って寝てしまうと思いますがねえ」

捜査員たちから、また、さんざめくような笑いが起きた。

その笑い声を聞いて、野上はカーッと、頭に血が上るのを感じた。

（この野郎、おちょくりやがって――）

しかし、本心とは逆に、野上もほかの連中に合わせて笑ってみせた。

公平に見れば、たしかに、江島警部の言うことは核心を衝《つ》いていないこともない。もし丸山が「犯人」だとするなら、単に動機があるという点だけでなく、こういう犯行を演じてみせた理由と、それこそ、江島の言うように完全犯罪をなし遂げたあと、なぜ死ぬ必要があったのかを説明しなければならない。その用意が野上にはまるでなかった。

「主任さんの言われるとおりです。そこをはっきりさせるのが、捜査本部の当面の仕事ではないかと、このように思うわけです」

野上はそう結んで腰を下ろした。おちょくられようと何しようと、とにもかくにも、捜査本部の「当面の仕事」をそこに特定したことに意義があるのだ――と言いたいところだった。

「分かりました。以上で野上さんの説明は了解されたと思います。一応、丸山の犯行であると疑った推論ですが、現段階でそこまで断定してしまうのははなはだ危険であります。これはこれとして、さらに大きく視野を広げて、川崎氏に怨みを持っている人物の洗い出しにかかっていただきたい。とくに、埋め立て事業や、その後のN鉄鋼の業務に対して、何か怨みを抱きそうな人物を徹底的に洗い出して調べるよう。また当然、社内にも怨恨《えんこん》関係があると考えられますので、その点も併せて追及していただきたい。さらに、川崎氏が午後八時という、あまり散歩には適していない時刻にホテルを出た背景についても、あらゆる角度から推論を出し、それぞれの疑惑について鋭意、捜査を進めてゆきたいと思料《しりょう》しますので、その点を各自、考えておいてください。では次の会議は明朝九時の予定です。以上」

さっと立ち上がって、全員に向かって一礼すると、会議室を出て行った。三名の部下が急いで追随した。

（鮮やかなもんじゃなあ――）

野上は感心した。やられた――という気がしないでもなかったが、それはそれとして、さすが、評判どおりのキレ者だと思った。

野上は事件の細かい部分を見て、そこから筋立てを考えてしまう。この方法だと、どうしても直観に頼りがちで、江島が指摘したように、ある種の思い込みにとらわれる危険性はたしかにあった。

それに対して、江島は一歩退いて、事件の全体像を客観的に眺めるところから、大きなストーリーを構築しようとするらしい。そういう視点に立てるというのは、たしかに指導者の第一条件といえるのだろう。

しかも、捜査員たちに宿題のようにテーマを与え、翌日の捜査会議まで頭を使わせようなどというあたりは、まさに捜査主任らしくて、心憎いばかりであった。

野上は感心するのと同時に、いささか自信を喪失《そうしつ》した。

江島警部のやり方の違いは、勤務時間にも現われているようだ。

だいたい、こういう事件が発生して、具体的には捜査本部が動き出した直後は、捜査員は深夜まで動き回るのが、野上などには常識となっていた。場合によっては徹夜で聞き込み捜査に当たったり、張り込みをしたり——というのがごくふつうのスタイルだった。

それが江島ときたひには、六時を過ぎると、さっさと宿舎に引き上げる。県警の捜査員たちも、つられるように引き上げてしまう。福山署の連中だけが、なんとなく居残っているという、間の抜けた風景になった。

「おい、わしたちも帰ろうや」

野上は部下たちに声をかけて、自ら家路についた。腹立ちまぎれということもあったけれど、それだけではなく、こういうのが、新しいありようなのかもしれない——という、発見をした気分でもあった。

第三章　特命調査員

1

陸続きの国内旅行で車を使わないのは、ずいぶん久し振りのような気がする。浅見は新幹線に揺られながら、ぼんやりそんなことを考えていた。

ソアラもいいけれど、たまには列車の旅行もいいものだ。

第一に、いろいろ自由自在に思索《しさく》ができる。車ではそうはいかない。神経の半分ぐらいは、運転することに費やされるだろう。

それに何といってもスピードである。広島県の福山まで車で行くには、いくら高速道路を使ったとしても、十数時間はかかるにちがいない。それが新幹線だと、わずか四時間あまりである。これにはかなわない。『とれたての短歌です。』というのが売れているそうだけれど、『とれたての事件』に出会うには、新幹線がいちばんだ。

飛行機と違って、落ちないのもいい。中国で修学旅行中の高校生を乗せた列車が正面衝突を起こすという事件があったけれど、日本の新幹線は昭和三十九年、東京オリンピックの年に開業して以来、大事故が起きていないというのは、世界に誇っていい。

これで運賃が安ければいうことはないのだが――と、浅見はゴム細工のような、浜松のうなぎ弁当を噛《か》み締めるのであった。

速い速いといっても、東京を出たのが二時頃だったから、福山では日はとっくに暮れていた。

福山駅は思い出深い駅である。プラットホームに下り立つと、あの悲劇が、一種の懐かしさを伴って蘇る。

巧妙に仕組まれた完全犯罪を追って訪ね回った、後鳥羽伝説の道――。そこで出会ったさまざまな人々――。

いまは遠い日々のことに想いを新たにしながら、その事件で死んだ妹やその友人の魂に、浅見はひそやかに祈った。

福山駅も、その周辺も、その頃からみればはるかに整備され、きれいになった。地方はどんどん変化を求め、「ミニ中央」を目指しているかのようだ。それがいいことなのかどうか、浅見には分からない。

一極集中こそが諸悪の根源であるというけれど、それでは多極分散がいい結果をもたらすかは、ほんとうのところ、誰にも分からないのではないだろうか。東京の繁栄と一緒に、東京の混乱と物価高、土地高を分散配分しそうな気がする。

街は暮れていたし、一刻も早く、事件現場の鞆の浦に行きたかったが、浅見は一応の敬意を表して、福山警察署の捜査本部に立ち寄った。

そして呆れた。

事件発生直後だというのに、捜査本部はガラ空きであった。報道関係者らしき姿はちらほら見えたが、誰もかれも手持ち無沙汰な顔をしている。

「捜査員は全員出動ですか？」

そういう一人を摑まえて、浅見は訊いてみた。

「それがねえ、どうもよく分からんのじゃけど、帰ってしまったらしいな」

「帰ってしまった？　家にですか？」

「ああ、そうらしい」

「まさか……そんなことを言って、マスコミ連中を撒《ま》いて、どこかでこっそり事件をほじくっているんじゃありませんか？」

「いや、おれたちもそう思うたんじゃが、どうもそうじゃあないみたいじゃな」

どうやら、信じられないことが実際に起きているらしい。

「デカさんたちもサラリーマン化したいうけど、ほんまのことじゃな、こりゃあ」

質問の相手は、いつまで経っても「サラリーマン」にさえ羽化《うか》できないブン屋の悲哀を感じてでもいるかのように、少し芝居がかって、肩をすくめてみせた。退社時刻を過ぎ、遊び帰りの客まではまだ時間のあるバスは、ガラガラに空いていた。

しようがないので、浅見は駅前から鞆の浦方面行きのバスに乗った。退社時刻を過ぎ、遊び帰りの客まではまだ時間のあるバスは、ガラガラに空いていた。

浅見は運転手に話しかけてみた。

「鞆の浦で殺人事件があったそうですね」

「ああ、ほうじゃなあ」

中年の運転手は、この地方独特の、のんびりした口調で言った。浅見はまたしても、後鳥羽伝説の道を思い出した。

「お客さん、東京から来たんかね」

「ええ、そうですよ。鞆の浦はいいところだからって、勧めてくれる人がいたものですからね」

「ほうね、そらありがたいの。鞆の浦はええところじゃけん、ゆっくり楽しんでいってつかさいや」

海岸線に沿った町並を抜けると、しばらく海が見えていたが、やがて工業団地の中を行く道になる。夜だからかもしれないが、見るからにうら寂れた、下請け企業の町――という印象を受けた。

過去、日本の大企業のほとんどが、零細な下請け工場をクッションにして、リスクをそこに吸収させることによって、好不況の波を乗り越えてきた。それは現在も続き、将来にわたっても、変わることはないだろう。

以前、浅見がそのことをテーマにしたルポを書くために、取材に訪れた先で、「真面目に考えると、腹が立って、夜もろくろく眠れねえよ」と、吐き捨てるように言った下請け工場の老社長がいた。

二万五千分の一の地図で福山付近を見ると、福山市の東から南一帯にかけて、備後灘《なだ》を埋め尽くすような勢いで広がる、巨大な埋め立て地が描かれている。

そのほとんどがN鉄鋼福山工場の敷地であり、面積は福山市街地のおよそ半分に匹敵する広さだ。

そして、福山市から南に伸びる海岸線の、山と海とに挟まれた、道路ほどの幅の土地に、いま浅見が通過しつつある工業団地が、陸地からこぼれ落ちそうにへばりついているのである。

「なんだか、景気が悪そうですねえ」

窓の外を通り過ぎる、まるで火の消えたような工場群を窺いながら、浅見は感想を述べた。

「ああ、鉄冷えじゃけんの。アメリカがくしゃみしたら、日本は風邪ひくいうけどが、N鉄鋼がくしゃみしたら、福山市は風邪ひくし、ここら辺りは肺炎に罹るんやないかの」

運転手は呑気《のんき》そうに言っているが、内心はその土地の人間として、ずいぶん切迫したものを感じているにちがいない。

仙酔島に渡ると言っておいたので、運転手は「ここが船着き場の前じゃけ」と教えてくれた。

「ほんなら、ええ旅を」

浅見に向けてひと声かけて、バスはあと一人だけ残った客を乗せて、行ってしまった。

船着き場には若い男が待っていた。

「仙酔国際観光ホテルへおいでですか?」

浅見に訊いた。

「ええ、そうです」

「ほなら、乗ってつかあさい」

浅見の手からバッグを受け取ると、どんどん先に立って石段を下り、連絡船に案内した。彼が船頭役を勤めるらしい。

船はもやい綱を解くと、ゆっくり、へさきを島に向けた。

「この船ですか？　船頭さんが変死したというのは」

「は？　はあ、ようご存じでしたなあ」

若い男は舵《かじ》を操りながら、困ったように答え、弁解した。

「けど、ちゃんとお祓《はら》いをしましたけん」

「いや、そんなことは気にしていませんよ」

浅見は苦笑した。

「それより、仙酔島で人が殺されたそうじゃないですか」

「ああ、そのこともご存じじゃったんでしたか」

「そりゃ知ってますよ。テレビのニュースで見ましたからね」

「ほうじゃろなあ、イメージダウンにならにゃあええけどが……」

「そんなに心配することはないでしょう。かえって、鞆の浦の仙酔島が有名になって、お客さんが増えるかもしれませんよ」

「それならええのじゃけどがなあ」

月のない夜だが、波ひとつない穏やかな海峡は、まったく危険を感じさせない。話をしている間に、もう岬を回って、入江の奥の桟橋《さんばし》に着いた。

浅見は何も予約していなかったにも拘《かか》わらず、桟橋に女性が出迎えていて、「いらっしゃいませ」とお辞儀をした。連絡船が来るのを見て、ホテルから迎えに出る仕組みになっているのかもしれない。

女性は明かりの下で見ると、意外なほど若い娘だった。少女といってもいいくらいだ。しかも愛くるしい。

「ご苦労さんでした」

船頭に声をかけて、「どうぞ、お足下にお気をつけて」と、いそいそと案内する様子もいい。

桟橋からホテルまで、小さな石のトンネルを抜けてゆく道は、箱庭の中を歩いているような小路であった。ところどころに街灯が立っているので、なかなか風情もある。

到着した第一印象はきわめていいし、この先への期待も高まってくる。

「予約をしてないのだけど、お部屋はあるのかなあ」

浅見が言うと、娘は「あら」と、ちょっと困ったような声を出した。

「そしたら、お客さんは北川《きたがわ》様ではありませんでしたか」

「うん、違う。あ、間違ったんだね。そりゃ気の毒しちゃったなあ」

「いえ、いいんです。大丈夫です、お部屋はございます」

娘は慌てて言った。

「いまの時期はまだシーズンオフですから」

「そう、それはありがたい。食事も出来ますよね？」

「はい、ちょっとお時間をちょうだいするようになると思いますけど」

若いのに利発そうに応対する。よほど躾《しつけ》のいい従業員教育をしているのだろう。

玄関を入ると、ロビーには靴を脱いで上がる。べつの若い女性がスリッパを揃《そろ》えてくれた。彼女もまた、若く可憐《かれん》な娘だ。

（いいぞ、いいぞ――）

浅見は単純に嬉しくなった。

「どうぞ、こちらでお茶を差し上げます」

娘はロビーの奥の、海に向かった壁面が、ちょうどニューオータニのラウンジのように、ガラス張りになっているところに案内した。そこに緋毛氈《ひもうせん》を敷いた床几《しょうぎ》を並べて、茶店の気分を味わえるようになっていた。

お菓子が出て、中年の女性がお薄《うす》を運んできた。

「いいですねえ、これはいい」

浅見はもう、大満足である。

お茶を啜《すす》っているあいだに、最前の娘がフロントに行って、事情を説明してくれたらしい。

「あの、お部屋、大丈夫です。それに、お食事もご用意いたしますので」

きちんと報告する態度も可愛《かわい》らしい。

「どうもどうも……」

浅見はむやみに嬉しくなって、本来の旅の目的を見失いそうだった。

2

食事の支度が出来るまで——と、部屋係の娘に勧められるまま、浅見は風呂に入ることにした。パノラマのような窓越しに、広々と海が見下ろせる大浴場であった。

日頃は風呂嫌いの浅見だが、温泉やこういう大浴場なら歓迎する。旅行は好きだが飛行機は嫌い、女性は好きだが結婚は嫌い——と、矛盾することの多い男だ。

娘が言っていたように、シーズンオフは事実らしく、浴場には誰も入っていなかった。あちこちで景気よく泡を吹き出している、子供用プールほどもある広い湯船だ。そこを一人で占領して、思いきり手足を伸ばしていると、事件のことも、怖い母親のことも、陰気な内田の顔も忘れていられる。

しかし、浅見が浴場を独占している時間は、そう長くはなかった。

脱衣場のドアが開いて、でっぷり太った、中年の男が入ってきた。

「失礼しますよ」

断りを言って、湯船の湯を汲《く》み上げ体に浴びてから、「よっこらしょ」と声を出して、湯に浸《つ》かった。

よほどのお風呂大好き人間らしく、傍若無人《ぼうじゃくぶじん》に、気持ちよさそうに伸びをしながら「ああー」と声を発した。

「いい湯ですなあ」

ひとり言のようだけれど、ほかに誰もいないので、浅見は仕方なく、「はあ」と返事をした。

「従業員の感じもいいし、なかなかけっこうなホテルですねえ」

浅見の感想と同じことを言っている。

「はあ」

「あなたはどちらから?」

「僕は東京です。北川さんも東京ですね?」

「えっ?……」

男は湯船の中で溺《おぼ》れそうになるほど、驚いた。仰向《あおむ》けになっていたのが一転、ガマガエルのように前かがみになって、こっちの様子を窺って、言った。

「ええと、失礼ですが、どなたでしたか……どうも、最近は物忘れがひどくて」

「いえ、初対面ですよ」

「え? しかし、私の名前を……」

「さっき、ホテルのひとに、北川さんと間違えられたのです。遅いご到着だったようですね」

「ああ、そういうことでしたか。人が悪いですねえ、びっくりしましたよ」

北川はおかしそうに笑った。悪い人間ではなさそうだ。

「こんなところでなんですが、あらためて自己紹介をさせてもらいます。私は北川龍一郎《りゅういちろう》といいます」

北川は湯の中で畏《かしこ》まって、挨拶した。

「失礼しました。僕は浅見といいます。浅見光彦です」

浅見も慌てて礼を返した。兄の「陽一郎」とよく似た名前だし、歳恰好も似通っているので、いささか緊張した。

「お一人で風呂に入っているところを見ると、新婚旅行でもなさそうだし。今日は団体客もいないらしいし。遅く到着なさったようだし……どうやら、お仕事の関係でお泊まりのようですな。どうです、当たりでしょう」

北川はニヤリと笑みを浮かべて、ズバリ、言った。

「ほう……」

浅見は正直に感心してみせた。

「驚きましたねえ。さすがに、大N鉄鋼を代表して、殺人事件の調査にいらっしゃる方だけのことはあります」

今度は北川の驚く番だった。

「えっ？　どうしてそれを……あなた、浅見さん、やっぱり私のことをご存じなのじゃありませんか？」

「いいえ、ほんとに知りませんよ。ただ、北川さんが僕について推理したのと同じ理由で、北川さんが仕事でいらしたことは分かりますし、雰囲気から見て、積極派の有能なビジネスマンであることも想像がつきます。かといって、福山のホテルに泊まらないというのは、目的が単なる社用といったことでもなさそうです。そして、自信に満ちあふれた鋭い推理力──と、これだけ揃えば、結論は一つしかありませんよ」

「あははは、参ったなあ……そうすると、浅見さんは警察庁あたりから派遣された、捜査員ですか？　しかし、どうもそうは見えませんがねえ」

「ボーッとした感じがでしょう？」

「え？　ははは、いや、そうではなく、育ちのよさそうなところがですよ」

「ははは、そういう僻《ひが》みっぽいところは、次男坊の特徴ですな」

「意味は同じです」

「当たりました」

二人の笑い声が、浴場の天井にビンビン響いた。

「僕はフリーのルポライターです」

浅見はあらためて自己紹介をした。

「ほう、ルポライター……ですか」

北川はかすかに眉をひそめた。

「ご心配なく。ここに来たのは出版社からの依頼でもなく、北川さんの会社の記事を書くためでもありません」

「そうでしたか、それはありがたい。あなたのような方とせっかく知り合えたのに、敵対するようなことになるのは望むところではありませんからねえ」

「同感です」

「しかし、目的が事件取材のためではあるのでしょうね？」

「まあ、そうですね」

「まあ……ですか」

「ええ、僕みたいな貧乏人が高い旅費を払って来るからには、多少はワケありであっても不思議はないでしょう」

「なるほど、ワケありですか。そのワケとは、と訊いても、教えてはくださらないのでしょうねえ」

「はあ、残念ながら」

浅見は頭を下げると、湯船を出た。

「いかがです、食事はまだなのでしょう？　ご一緒しませんか」

北川が言った。

「はあ、それはいいですね。じゃあ、僕のほうからフロントにそう言っておきます」

「では、のちほど」

北川は会釈して、一人きりになった湯船の中で、あらためて思いきり手足を伸ばした。

3

さすがに鯛網漁の本場だっただけに、食卓は鯛づくしの料理が並んだ。刺身、焼物、兜煮《かぶとに》、お椀《わん》と、鯛を使った料理のバラエティがひととおり揃っている。

ほかに、アワビ、伊勢《いせ》エビなど、海産物がさまざま。

「あなた、よほど魚が好きらしいですね」

北川が浅見の健啖《けんたん》ぶりに、なかば感心し、なかば呆れたように言った。

北川も嫌いではないのだが、酒の量がかなりいけるクチで、食べるのは酒の肴《さかな》という意味あいのほうが優《まさ》っているようだ。

「もしよければ、こっちのやつにも手をつけてください。私はそうは食いませんから」

「そうですか」

浅見は遠慮しない。母親が見たら、とたんに「いやしい！」と叱りつけそうな勢いで、北川の皿にも箸を伸ばした。

「ところで」と、浅見が飢餓《きが》状態から脱出した頃合を見計らって、北川は言った。

「浅見さんはこの事件のことをどのくらいご存じなのですか？」

「はあ……」

そう訊かれると、困った。

「知っているのは、ごく上《うわ》っ面《つら》のことだけですよ。新聞やテレビで報道されている程度のことだけです」

「なるほど……」

北川は苦笑して、杯をテーブルの上に置いた。

「まあ、こっちがお訊きしても、まともにお答えになるとは思っていませんでしたが。しかし、浅見さんの言葉を借りて言えば、貧乏人がこういういいホテルに泊まるのには、それなりの理由がなければならないと思うのですが……ざっくばらんにお訊きしましょう。いったいいくらになるお仕事ですか？」

「…………」

浅見は少し興醒《きょうざ》めした。

「いや、こういう訊き方は、やはりお気に召さないようですねえ。何でも金額で判断したがる、われわれのやり方は、さぞかし軽蔑《けいべつ》なさっているのでしょうな」

北川の察しのよさには、浅見も敬服せざるを得ない。

「しかしねえ浅見さん、カネを価値判断の尺度にする以外、正直なところ、われわれビジネスマンには方法がないのですよ。私のように、サラリーマンを四半世紀もやってきますとね、正義ですらも、カネの高でランクづけしてしまう。なんとも味けないといえば味けないが、現実にはそうするしか仕方がない。そして、それで通用してしまうようなところがあることも事実です。正義だってカネで買えるし、戦争だってカネで買える世界です。それが経済社会の論理というものだと、割り切っているのですよ」

北川は言って、杯に手酌《てじゃく》で酒を酌《く》み、一気にあおった。

「そういう論理の連中は、すべての現象をカネを基準にして推量したり判断しようとします。つまり、速い話が損得勘定ですね。これをすればナンボや――という考え方です。ところが、そのモノサシでは測れない現象にぶつかると、ほとほと困ってしまう。これをしてもナンボになるのか、いやナンボにもならないのじゃないか、しかし、現実にはそれが行なわれた――という場合には、そういうモノサシはまったく機能しない。これはもう、お手上げだというわけです」

「それは僕のことを言っているのですか？　それとも、事件のことを言っているのですか？」

浅見は面白そうに訊いた。

「私個人についていえば、あなたのことですし、会社としていえば、事件のことになりますね」

「そうすると、N鉄鋼としては、川崎さんが殺された理由について、まったく思い当たることがないのですか？」

「うーん……厳密にいえば、ないといえば嘘になるでしょうなあ。川崎常務はキレ者といわれた人物だし、それは同時に敵も多いことを意味していますからね。しかし、殺すとなるとどうでしょう。冗談やしゃれでなく、これはもう、文字どおりいのちがけのことですよ。そうまでして、何の得があるのか――つまり、殺してナンボや？……という疑問にぶち当たるわけですな」

北川はグッと前かがみになり、声を落として言った。

「じつは先ほど、捜査本部のほうからリークして寄越した情報によると、どうやら、自殺した仙酔丸の船頭が、川崎常務を殺害した犯人だと見なしているらしいのです。だとすると、いったい目的は何だったのか——殺して自殺してナンボになったのか、カネのモノサシという文明の利器では測ることが出来ない。だとすると、それは狂気のなせる仕業《しわざ》かということになる。つまり、怨念《おんねん》ですな」

北川は茶碗蒸《ちゃわんむ》しの中に砂利《じゃり》が混ざっていたような、なんともいえない顔をして見せた。

「浅見さんは、すでにそこまでご存じかどうかは知りませんが、いずれは知ることになるだろうから、お話しするのですが、事実、川崎常務はかつて、福山市の海を埋め立て、わが社の工場を建設する際、会社側を代表して地元との折衝《せっしょう》に当たった人間です。そして、自殺した船頭さんは、埋め立てによって漁業権を奪われた漁師さんだった。しかも、その後、転業がうまくいかなくて、息子さん夫婦が心中してしまったという過去を抱えているそうです。そういう背景からは、容易に、怨念による犯行——というシナリオが想像されるでしょう。それはたしかに狂気の世界だし、文明やカネの尺度では測れないものかもしれない。しかし、かりにそのとおりだとして、川崎常務までが狂気であったというわけではありません。そうでしょう?」

北川はかなり激しいことを喋っているのだが、驚くほど抑制のきく体質なのか、決して激したようには見えない。遠いところから眺めれば、まるで思い出ばなしに耽《ふけ》っているように見えるにちがいない。

ただ、「そうでしょう？」と問いかけた瞬間、その双眸《そうぼう》の奥に光った強烈な意志力は、目を見張るものがあった。

「川崎常務はなぜあの時、ホテルを出て海岸の、それも西のはずれのような場所に行ったのか……それは狂気だの怨念だのでは説明が出来ないことです。私のこれまでの経験からいっても、常務ほど徹底したビジネスマンはいません。常務くらい、行動の規範をカネのモノサシで測る人はユダヤ人にだっていないでしょう。ところが、その常務のその夜の行動だけは、どう計算しても割り切れない。常務自身の六十二年の歴史の中でも、唯一、説明のつかない、奇妙な行動だったのではないかと思うのです」

北川の長い話はひとまず終わったらしい。話のあいだ中、浅見は飯粒を一つずつ数えるように口に運んでいた。飯粒が胃の中に収まるのと同じスピードで、北川の話の趣旨《しゅし》が頭の中に入っていった。

しばらく沈黙が流れた。北川はまた何杯かの酒を喉《のど》の奥に流し込んだ。

「ところで、浅見さんはわれわれとは正反対の価値判断をなさるお人のようですな」

北川は苦笑しながら言った。たったいま、激しい話をし終えたのと、同じ人間が喋っているとは思えない口調であった。

「浅見さんの職業はルポライターでしたね」

「はあ」

「ところが、あなたの今回の目的は、マスコミに依頼された取材ではないし、記事を書くためでもないというのでしょう？」

「はあ」

「東京からの旅費は、おそらく、なんだかんだ入れて十万は下らないでしょう。このホテルは気分はいいにちがいないが、決して安くはありませんからな」

「はあ、まあ」

「そうなると、われわれの尺度では理解出来にくい。かといって、浅見さんが狂気だとは、どう見ても思えないし、まことに困ってしまうのですよ」

北川は笑い、浅見も仕方なくそれに合わせて笑った。

「いったいあなたの目的は何なのです？」

「そう訊かれると、僕のほうが困ってしまいます」

浅見は半分は正直な気持ちを言った。

「よく考えてみると、僕自身、なんでこんなところまで来なきゃならないのか、説明出来ないのですよね。北川さんがずいぶん打ち明けて話してくださったから、僕もある程度は正直に言うのですが、なんていうか、一種の衝動みたいなものかもしれません。少しオーバーに言えば、気がついたら、新幹線に乗っていたという……」

「ははは、それは愉快ですな」

「いえ、冗談じゃなくて、そういう要素も多分にあるから困るのです。実際問題として、おっしゃるとおり、今回の旅費は僕にとってかなりの負担だし、それに見合うような収入があるわけでもないのです」

「ほんとの話ですか？」

北川は、笑いを含んだ顔で、疑いの目をこっちに向けている。

「信じられないかもしれませんが、ほんとの話です。この馬鹿《ばか》げた行為は、もちろんおカネで判断出来っこありませんし、これによって僕が得ることの出来るものといったら……そうですね、旅の楽しみを味わえたこと、北川さんと知り合えたこと、この旨《うま》い料理にありつけたこと、それから……」

浅見は「ホテルの感じのいいお嬢さんに会えたこと」と付け加えようと思ったが、軽薄に見られそうなので、やめた。

「まあ、そんなところでしょうか」

「ふーん……」

北川は穴の開くほど浅見の顔を見つめた。

「失礼だが浅見さん、あなた、まだ独身でしょう？」

「はあ、面目ありません」

「ははは、やっぱりそうでしたか。それで安心しました。この推理がはずれだったら、私は非常識人間ということになってしまいますからね。少なくとも、世の若い女性たちとは同じ感覚ではあるらしい」

「ということは、つまり、僕が非常識な人間だというわけですか？」

「そう、カネを価値判断の尺度としている社会では、ですな」

「それは悲しむべきことなのでしょうね」

「そうです……と言いたいところだが、正直なところ、私は自信を失いつつありますよ。なぜなら、あなたほど魅力的な青年と、私はいまだかつて巡りあったことがありませんからね」

「参ったなあ、そんなふうに面と向かって言われると、なんて答えればいいのか、困ってしまいます」

「いや、お世辞抜きでそう思うから、自信を喪失しそうなのです」

北川は真顔で言った。

「そんなことをおっしゃっても、もし北川さんにお嬢さんがいたとして、僕が結婚を申し込めば、頭から断るでしょう」

「うーん……たしかにそのとおりかもしれませんなあ」

一転して笑い出した。

「そうらごらんなさい、みんなそれです。今度はうまくまとまりそうかなあ……と期待することもあるのですが、結局逃げられてしまう。要するに僕は、世間からはみ出した変人らしいのです。最近では世話焼きばあさんも諦めて、縁談を持ってこなくなりました。このぶんだと、僕は永久に嫁さんに恵まれそうにないですね」

「いや、そんなことはない」

北川は笑いながら言った。

「浅見さんは変人だと言うが、変人は何も男性の特権ではありませんからね。女性の中にも、それも美しい女性の中にも、立派な変人がいるにちがいありませんよ」

「あははは、立派な変人という言い方は、ちょっとおかしくはありませんか？」

「ん？　なるほど、それもそうですな」

笑いの中から、立ち直るように、北川は言った。

「どうも、浅見さんというひとは不思議な方ですなあ。こっちが肉薄しても、いつのまにかはぐらかされてしまう。暖簾《のれん》に腕押し、糠《ぬか》に釘《くぎ》……というのは、ちょっと古臭い比喩《ひゆ》でしたか」

「すみません、決してはぐらかすつもりはないのです。性格がグウタラなせいかもしれません」

浅見は軽く会釈した。

その時、部屋の隅にある電話が鳴った。浅見が腰を浮かせると、北川は「私でしょう」と浅見を制して立っていった。

受話器を握って「はい、私ですが」と言い交換手の問いに、「そうだね、ここでいいでしょう」と答えた。

「席を外《はず》しましょうか？」

浅見は訊いた。

「いや、構いません。どうぞそのまま」

北川は言って、すぐに受話器の中に応対した。

「ああ、私だ。うん、そうか、で、どうだったの？」

向こうの話に「うん、うん」と何度も頷くように答えるだけで、なかば背を向けた北川の表情は見えない。北川がどういう内容の話を聞いているのか、それに対してどういう反応を見せているのか、浅見にはまったく見当がつかなかった。

「はい、分かった」

北川は最後にそう答えて、受話器を静かに置いた。しばらくその俯《うつむ》いた恰好で、電話を見つめていたが、やおらこちらを振り向いて言った。

「どうも油断がなりませんなあ」

「は？」

浅見は北川の言った意味が分からず、怪訝な目を向けた。

「いや、あなたがです。浅見さんが警察庁刑事局長さんの、実の弟さんだとは、どうも、私としたことが、手抜かりでした」

北川の片頬《かたほお》に、自嘲《じちょう》の笑みが浮かんだ。

4

「そうだったのですか、僕の身元を調べておられたのですか」

浅見も北川の笑みと似たような、苦い笑顔になった。もっとも、ある程度、予測してはいた。N鉄鋼から事件の調査に派遣されてくるような人物だ。北川がそのくらいの心配りをしないわけがない。

しかし、その回答が届く前に、北川が浅見に対して話したことは、かなり手の内をさらけ出したものといっていい。そこまで腹を割って付き合っていただけに、浅見はやや意外な感じもしないではなかった。

「どうも妙なものですなあ」

北川は席に戻って、照れ臭そうに言った。

「自分でもいやらしいくらい用心深い私が、浅見さんにはペラペラとよく喋った。いかなる天魔に魅入られたか……というやつですかねえ」

やはり、浅見が意外に思ったとおり、北川もまた自分の軽率が信じられないようだ。

「ご心配なく。僕の兄はたしかにそういう役所に勤めていますが、兄は兄、僕は僕です。事実、僕は兄の命令でここに来たわけでもないですし、兄のために働いているわけでもありませんから」

「ほんとうですか?」

北川は悩ましい顔で、浅見を眩《まぶ》しそうに見つめた。

「ほんとうですよ」

浅見は真っ直《ます》ぐ北川の目を見返した。北川のほうが負けて、視線を外した。

「あなたには勝てそうにないですなあ」

北川は正直な気持ちを言っている。それが浅見にも分かった。

「間宮という人をご存じですか？」

浅見は北川のショックを慰めるように、言った。

「間宮？」

思ったとおり、北川は素早く反応した。

「間宮……というと、元の広島県知事を連想しますが」

「ええ、そのとおりです、間宮弘毅さんのことです」

「その間宮元知事がどうしたのですか？」

「いま、北川さんの話を聞いていて、ふと思いついたのですが、たぶん、福山市沖の埋め立てが行なわれた当時の広島県知事は間宮氏だったと思うのですが、そうではありませんか？」

「そのとおりですよ」

「その間宮氏が絡んだ、妙な出来事が東京であったのです」

浅見は数日前、ホテルニューオータニで、内田という推理作家が巻き込まれた、なんとも奇怪《きっかい》な「事件」のことと、それがそもそも、鞆の浦に来るきっかけになったことを話した。

「どういうことですかなあ、それは……」

北川は首をひねって、

「しかし、死んだ船頭さんが、はたしてその小説家……内田さんでしたか、その人の言うように、間宮元知事の贋者《にせもの》を勧められるものかどうか……いや、こういう言い方は礼を失するかもしれないが、船頭さんが知事を演じることが出来るほど、品格のある顔をしていたか、正直いって疑問です。それに、いまお聞きしたところによると、内田さんとかなり高度の会話を交わしたり、囲碁を打ったそうだが、どうも、そういうイメージと船頭さんのイメージとが繋がりませんねえ。内田さんは、新聞に載った船頭さんの写真が、間違いなくその『間宮』を名乗った人物だと言っているのですか？」

「本人はそう言っています。しかし、あの先生もそろそろ老眼のケが出てくる歳でしょうから、あてにはなりません」

「そうすると、私と同じくらいかな？　私は四十九歳ですが」

「いや、まだそこまではいってないと思いますよ。四十二か三……せいぜい四十五、六というところじゃないでしょうか。電話で、顔を見ないで喋っていると、ひょっとすると僕より年下じゃないかと思えるほど、幼稚なことを口走ることもあるし、さっぱりわけの分からない人物です」

「その口振りだと、あまり好意を持っていないように聞こえますが」

「ええ、今回もそうですが、自分本位で、しょっちゅう無理なことばかり言いますしね。しかし、なんとなく憎めないところがあって……それに、その人の父親は医者でして、僕の父親の主治医だったものですから、どこかで恩義を感じているのかもしれません」

「ははは、それは浅見さん、本心から嫌っているわけではないでしょう。川柳《せんりゅう》に『碁仇《ごがたき》は憎さも憎し懐かしさ』というのがありますが、たぶんその心境ですな」

「なるほど……しかし、懐かしいという気にはなれそうにありませんが」

言いながら、浅見はニューオータニのシングルルームで、眉根《まゆね》を寄せながらワープロを叩いている、孤独で哀れな作家の姿を思い浮かべた。

「それにしても、間宮氏の贋者がなぜ内田さんを狙ったのかが不思議ですねえ。どういう理由が考えられますか？」

北川は腕組みをして、訊いた。

「いまのところ、まったく分かりません。それに、その老人は『間宮』という名を使ったといっても、間宮元知事の名や地位を騙《かた》ったわけではないのです。そう思い込んでいるのは、内田さんだけなのですよね」

「ふーん、そうですか……」

北川は腕組みを解いて、立ち上がった。

「ちょっと確かめてみましょうか」

電話でフロントに酒の追加を注文して、まもなくやってきた仲居に訊いた。

「亡くなった船頭さんだけど、最近、休暇を取ったことはあるの?」

「いいえ」

仲居はいきなり妙な質問をされて、とまどった表情で答えた。

「丸山さんはあのお歳でしたけど、病気ひとつしないらしくて、それに仕事に忠実っていうのでしょうか、いちども休んだことがないみたいですよ」

「じゃあ、ここ一週間ばかりのあいだに、どこかへ旅行したなんてことはないわけだ」

「はい、一週間どころか、一年間ぐらい、丸山さんの顔を見なかった日なんて、ありませんでしたけど」

　仲居が行ってしまうと、二人は「やっぱりね」という感じで頷きあった。

「内田さんは、新聞に『鞆の浦』と出ていたものだから、何がなんでも同一人物に思えてしまったということでしょう」

　北川は断定した。

「そうだと思います。新聞の写真自体、かなり不鮮明なものでしたしね。だとすると、僕の今回の鞆の浦行は、ばかげた散財でしかないということになります」

「そういう費用は、内田さんに請求できるのでしょう?」

「とんでもない。そういう常識人なら、僕はそんなに苦労しません。ケチで我《わ》が儘《まま》で、そのクセ、けっこう美人の奥さんなんかがいたりして……どうも、世の中は不公平にできているようです」

　浅見はつい本音が出て、憮然《ぶぜん》とした顔になった。

「いい話ですなあ……」

　北川はしみじみと言った。

「いまどき、男同士がそういう、なんていうか、喧嘩《けんか》しながら、深いところではまるで一心同体のように分かりあえているというのは、羨《うらや》ましいような関係ですよねえ」

「一心同体だなんて、そんないい関係ではありませんよ。いつも損をしているのは僕のほうですよ」

「さあ、どうですかねえ。ほんとうにそうなら、とっくに付き合いは途絶《とだ》えているんじゃないですか？」

「それは、僕が辛抱しているせいです」

「ははは、あなたもなかなか譲らないひとですねえ。そう言っていながら、わざわざ鞆の浦まで来ている」

「それは、純粋に事件の謎に興味を惹かれたからです」

一巡して、話題は事件に戻った。

それと同時に、北川は真顔になった。

「浅見さん、あなたの素性を知って、あらためてお願いしたいのですが、われわれが……つまり、N鉄鋼が、警察とは別個に、独自の調査を行なっていることは、ぜひ内密にしておいていただきたいのです。いや、そう言っても、あなたの口を封じることは出来ないでしょうから、この際、あなたをわが社の調査員として雇わせていただく。むろん、今回の出張旅費を含めて、それなりの報酬を差し上げるということではいかがでしょうか？」

「はあ……」

浅見は（さすが——）と感心した。北川自身が言っていたように、企業人はすべてをカネの尺度で解決しようとする。それがいいことだとは思わないけれど、臨機応変に物事を処理するためには、ほかに方法がない場合だってあるだろうし、おそらく、多くの場合には、その速効性がモノをいうことになるにちがいない。

眼前の敵を排除するには、カネで懐柔《かいじゅう》するか、さもなければ殺すか——である。

（殺されてはたまらない——）

浅見はニッコリ笑った。

「いいですよ、喜んで雇っていただきましょう。ただし、あまり出来のいい調査員ではありませんけどね」

「そうですか、ありがたい。いや、あなたはきっと引き受けてくれるだろうと思っていましたよ」

北川はニヤリと、したたかそうな笑みを浮かべて、言った。

「わが社に雇われれば、内部事情にまで入りこむチャンスがある——と、あなたなら、そう判断するでしょうからね。まあしかし、それを承知の上で浅見さんに鈴をつけておきたい。でないと、危なくて仕方がない」

北川は皮肉たっぷりに言って、手を差しのべた。

浅見もそれを否定する気はない。黙って北川の手を握り返した。ジトッと、胆汁《たんじゅう》質《しっ》な掌《てのひら》の感触であった。

第四章　再会

1

事件は野上警部補の仮説どおり、丸山清作の犯行であるという可能性が強くなった。

この日、朝から丸山家の家宅捜索が行なわれ、清作の部屋の古い船簞笥《ふなだんす》から、青酸性毒物の入ったビンが発見されたのである。

丸山の孫娘・鞆美に聞いても、そんなものがあることは知らなかったと言っている。その船簞笥は、もと村上《むらかみ》水軍のいわゆる「海賊船」で使われていたものだそうで、丸山のいわば宝物であった。子供の頃、鞆美が簞笥を遊び道具にして、ひどく叱られて以来、簞笥は物入れの奥に仕舞われ、触ることも禁じられてしまった。

毒物の入手経路ははっきりしない。おそらく、丸山の息子が下請け工場を経営していた二十年前頃、メッキ関係に使用していたものだろうということであった。川崎達雄が丸山と面識があったかどうかについても、確証となるべき証言は得られていない。

しかし、四半世紀前の何年間にもわたって行なわれた、福山市東部、引野町地先の埋め立て工事に際して、川崎は付近の視察や、住民との交渉の場に姿を見せていたし、その後、漁民やほかの住民が転業する際には、N鉄鋼傘下《さんか》の下請け工場群を形成する方向で指導した経緯《いきさつ》がある。その過程で、川崎と丸山が接触したであろうことは、容易に想像できることだ。

その当時、漁業から下請け工場の経営へと転業した人々を探すのに、捜査員はひと苦労であった。

驚くべきことだが、転業者のほとんどが、すでに工場経営に挫折《ざせつ》して、再度転業するか、土地ごと工場を売ってどこかへ去ってしまっていた。

転業一世の中にはすでに死亡した人もいるし、記憶そのものが風化《ふうか》してしまったという人もいた。なんとなく、あの頃のことは思い出したくない――という気配を、どの捜査員も共通して感じたそうだ。

「わしらは、故郷を売ってしもうたじゃけんの。コンクリートで真っ直ぐになった海岸なんぞ、見とうないんじゃ」

内陸部の農村に引っ越した老人は、そう言っていたという。

丸山清作と彼の息子夫婦は、鞆町に小さいながらも下請け工場を設立し、新しい人生を始めた。しかし、目の前の海は引野の海と繋がっている。岸壁の向こうに目を凝らせば、静かな海を数キロ隔てて、N鉄鋼の高炉から立ち昇る煙が見える。丸山にとって、それはさぞかし、逃げ場のない、辛《つら》い眺めであったろう。

福山市が面している備後灘の入江は、内陸深くの中国山地から芦田《あしだ》川が運んでくる砂で、遠浅の部分が多かった。それが大型船の接近を阻み、重工業の立地に適さない土地柄とされていた。

その芦田川は漁業にとっては恵みの川でもあった。砂地が沖で切れ込む辺りは、瀬戸内海でも有数の豊漁の漁場であった。ヤラせでない、本物の鯛網漁の、威勢のいい歓声がひびきわたった海である。

人は、町は、その海を捨て、殺した。

ひとり福山市の罪ではない。広島県の罪でもない。日本中のいたるところで、じつに多くの海が死に、あるいは殺されたのである。

失ってみてはじめて、失われたものの価値を人は知る。

もっとも、海を失った代価として、福山市は空前の繁栄を見た。N鉄鋼関係だけで十万人を超える人々が新たに流れ込み、人口三十五万人を有する都市になった。

埋め立てられた海には、八万トンクラスの船舶が横付けできる埠頭《ふとう》がいくつも並び、中国路では広島港につぐ大貿易港に変身した。

N鉄鋼ばかりでなく、関連する企業や工場が乱立し、福山駅前を中心とする商業地帯も拡大整備された。

海の死は人々に、失われたものの数倍、数十倍もの恩恵をもたらし、漁業者や一部の反対者の存在など、忘れ去られたかに思えた。

だが、繁栄はそう長くは続かなかった。ドルショック、第一次・第二次オイルショック、円高——と、相次ぐ激震で日本の産業は大打撃を受けた。ことに鉄鋼の不況は慢性的でしかも深刻であった。

N鉄鋼の、そして福山市の誇りであった高炉の火は一つまた一つと消えていった。宴《うたげ》は終わった。集まった人々はふたたび散ってゆく。N鉄鋼の合理化は容赦なく進み、大幅な人員削減が実施された。

しかし、N鉄鋼社員はとにもかくにも、関連企業などに出向するなどして、まだしも救済の余地がある。それに対して、臨時雇いや下請け業者はゆくあてすらない。きびしい合理化によって切り捨てられる人々から、怨嗟《えんさ》の声が上がった。

川崎達雄はその対策のために、何度となく福山を訪れていた。かつては新時代の救世主のように、福山の総合開発事業を指導した川崎に、今度は起死回生の腕を揮ってもらえるのではないか――と、一縷《いちる》の望みを託す人々も少なくなかったということであった。

しかし、丸山清作にとっては、やはり川崎は怨念の対象以外の何物でもなかったのだろう。

鞆町の工業団地のはずれで、遺《のこ》された孫娘と二人、ひっそりと暮らしながら、じっとチャンスの到来を待ちつづけていたのかもしれない。

――あいつは、いつか、きっと来る。

そして、それは現実のこととなった。

川崎はなぜか、N鉄鋼福山工場の建設が完了した二十二年前から、一度も鞆の浦を訪れたことがなかった。

福山工場建設の頃は、ことのほか鞆の浦を気に入って、週末には必ずここを訪れ、英気を養ったという。

当時、川崎はまだ三十代後半から四十代に入ったばかり、まさに脂の乗りきった時代だ。向かうところ敵なし、不可能という言葉など、知らなかったにちがいない。

二十二年前、川崎は福山工場の完成を土産に、五年にわたる単身赴任を終えて、東京本社へ戻った。それ以後は福山に出張してくることがあっても、市内のホテルに宿泊するだけで、慌ただしく帰ってしまう。

ことにオイルショックで工場の将来に影が射《さ》してきた頃からは、福山への出張そのものが少なくなった。

「福山に来るのが、辛かったのではないでしょうか」

工場関係者の中に、そう述懐する者もあった。かつては勲章であった福山工場が、いまは川崎が自分の歴史の中に落とした、唯一の汚点のように見えたのかもしれない。

「それより、川崎氏は鞆の浦に行くことを、本能的に恐れていたのとちがいますか」

野上は江島主任に言った。

「つまりそれは、丸山清作の存在を知っていたためですか？」

江島は例によって、丁寧な言葉づかいで訊いた。

「丸山かどうかは分かりませんが、鞆町の工業団地は、川崎氏の指導によって作られたのだそうです。その工場がどれもこれもドン底の状態ですから、生みの親の川崎氏としては、見るにしのびないというか、そういうことはあったと思うのです。火の消えたような暗い工場群を見ていると、うらめしやーと化けて出てくるものを感じるのではなかったでしょうか」

「へえー、野上さんは、顔に似合わず文学的なことを言うのですねえ」

江島は笑い、ほかの捜査員たちもどっと笑った。野上も、われながら気のきいたことを言ったかな——と思っていたので、「へへへ……」と照れ笑いをした。

「分かりました、いまの野上さんの意見を含めて、丸山の犯行と見なしてもよさそうですので、とりあえず検事さんとも相談の上、今後の方針を決定したいと思います」

江島が会議をしめて、捜査員は解散した。

事件発生三日目にして、早くも先が見えてきた。このぶんだと、殺人事件としては現行犯逮捕と同じ程度の、早期解決ということになりそうだ。あとは、ひととおりの裏付け捜査をやり終えれば、ただちに、捜査本部を解散することになるだろう。

野上は刑事課の自分の席に戻って、デスクに頬杖《ほおづえ》をついた恰好で、煙草《たばこ》をくゆらせながら、ポカーンと天井を見上げていた。なんだか、中途半端な仕事をした、悔いのようなものを感じていた。猛烈な空腹だったのに、マシュマロを食わされたような、物足りない気分であった。

ドアが開いて、男がひょっこり顔を差し入れた様子を、視野の端に感じた。

男はそこに居合わせた若い刑事と、何やら押し問答を始めた。事件捜査のことで何か訊きたい――といったようなことらしい。どこかのブン屋だろう。「何もないですよ」と刑事は男を撃退しようとする。

「何もないって、そんなこと言わないで、捜査状況をちょっと……」

男はしつこく食いついてくる。

「しかし、ほんとに何もないのだからね。もう終わりですよ」

「ほう、終わりということは、じゃあ、もう事件は解決したのですか、やはり犯人は丸山清作ということですか。しかし、それだとちょっとおかしいですよ。そう速断するのは危険です」

「うるさいなあ」

若い刑事はさすがにムッときたらしい。

(面白くなってきたな――)

野上は野次馬根性で、ドアのほうにチラッと視線を送った。

すぐに視線を戻したが、その時、野上は(おや?――)と思った。それから椅子を後ろにひっくり返して立ち上がった。

「あ、あんた、浅見さん!……」

ほとんど感動的と言ってもいい、叫ぶような声を発した。

2

思わぬところで、いきなり大きな声で呼ばれて、浅見はビクッとした。声の方向を見ると、満面笑みを浮かべた男が両手を広げるようにしてやってくる。

「野上さん！」

浅見も負けないくらいの大声で叫んだ。

刑事課の連中は、全員がびっくりしてこっちを見ている。その視線に、野上も浅見もまったく気付いていなかった。

「やっぱり浅見さんだ。いやあ、びっくりしましたなあ」

野上は浅見の両肩を左右から叩きながら、少し上背《うわぜい》のある浅見の顔に、しげしげと見入った。

「ちっとも変わってませんなあ」

「野上さんは少し太りましたか」

「いやあ、それを言わんといてください。中年ぶとりが気になる今日このごろです」

「あははは」

「ははは」

二人とも笑いながら、ふっと涙ぐみそうになって、どちらからともなく誘いあって、慌てて部屋を出た。

「そうですか、取材にみえたのですか。そういえば浅見さんはブン屋さん関係でしたっけかなあ」

「いまはフリーのルポライターをやっていますよ」

「そうだったのですか。そういえば、サラリーマンは似合わないひとだと思っていましたよ。で、目的はやっぱし、鞆の浦の殺人事件ですか」

「ええ、まあそうなのですが、今回は仕事のような、仕事でないような、妙な具合なのです」

「ほう、なんだかワケありみたいですなあ。もし差し支えなければ、聞かせてもらえませんか」

「ええ、いいですけど……それはそれとして、野上さんは福山署にはいつから？」

「ああ、あのあとすぐ警部補に昇格しましてね。三次《みよし》署から西条《さいじょう》署に移って、去年の異動でここに来たのです」

「そうだったのですか、もう三次署ではなかったのですか……星霜《せいそう》移り人は去り——ですねえ」

「ああ、変わらないのは浅見さんぐらいなものですなあ」

「ええ、面目ありませんが、いまだに独りですし」

「あの、お母さんはお元気ですか?」

「ああ、そういえば、母も相変わらずですねえ。いまだに、しょっちゅう叱られてばかりです」

「私も浅見さんのお母さんには叱られましたけどね」

「ああ、そんなことがありましたっけ」

野上は時計を見た。まだ四時になったばかりだ。サラリーマン警部の江島でさえ、たぶんいまごろは、検事に捜査状況の報告でもやっているにちがいない。

「ちょっと片づけてきますので、浅見さん、玄関のところで待っていてくれませんか。すぐに行きます」

野上は軽く手を上げると、そそくさと刑事課に戻って行った。少し背中を丸めるような、どことなくじじむさい感じのする後ろ姿は、あの頃のままだ。

広島県の三次市から高野《たかの》町を経て、島根県の仁多《にた》町へ——その昔、後鳥羽上皇が通ったという王貫峠《おうぬきだわ》を、野上と二人、バスに揺られながら越えて行った日々のことが、浅見の脳裏にまた蘇った。

野上はほんとうに「すぐ」現われた。

「さ、行きましょう行きましょう」

浅見の背中を押すようにして、急いで警察署を飛び出した。報道関係者に見つからないようにか、それとも警察の連中の目をしのぶためか、まるで凶悪犯人が刑事の尾行に脅えるような後ろめたい様子だった。

「いいんですか、捜査本部をほっぽっといても?」

「え? ああ、いいのです。じつはですね。浅見さんだから言うのですが、捜査はほぼ終結したのですよ」

「じゃあ、さっき若い刑事さんが終わったと言っていたのは、やはりそういうことだったのですか」

「まあ、そういうわけですな……浅見さんは何やら、異議があるようでしたが」

「ええ、それ、ちょっと問題だと思うんですよね」

「問題って、浅見さんは終結の理由も知らないのではありませんか?」

「それは、まだお聞きしたわけではありませんが、しかし、おおよその見当はつきます。こんなに早い段階で終結したというのは、たった一つのケースを除けば、あり得ませんからね」

「ふーん、たった一つとは？」

「もちろん、川崎氏を殺害したのは丸山清作の犯行であるというケースですよ。そして丸山はその直後に自殺した……そうではありませんか？」

「まさにそのとおりです、さすがに浅見さんですなあ」

野上は、素人にズバリと言い当てられたにもかかわらず、それが浅見であるというだけで、もう、嬉しくてしようがない。

「しかしそれは間違っていると、浅見さんは言いたいわけですか？」

「ええ、そんなこと言うと、気を悪くされるかもしれませんが」

「なんのなんの、浅見さんが言うことなら、気を悪くするどころか、傾聴に値しますよ。とはいうものの、警察としては、いささかショックではありましょうがね」

野上はまるで、自分は警察官ではないような口振りで言った。

警察から歩いて五、六分のところに、「浜屋《はまや》」という、そう上等とはいえない小料理屋があった。毛脚《けあし》の長いピンクのセーターに茶色のロングスカート、それに長靴――という珍妙なスタイルのおばさんが、店の前を掃除している。

部屋に上がり込んだ。


「あら、ガミさん、まだや」

「いいんだ、ちょっと奥、借りるよ」

　野上は浅見を先にして、店に入ると、薄暗い店を横切って、カウンターの脇から小部屋に上がり込んだ。

「まったく、ことしはちっとも春にならんですなあ」

　ぼやくように言って、勝手にクリーンヒーターに点火した。

「まあ、座ってください。すぐにあたたかくなりますけん。お茶のほうは、ちょっと待ってもらいますがね」

　座卓を挟んで向かいあいに座り、あらためて「しばらくでした」と挨拶する。少しがさつだが、好人物――という印象も、ちっとも変わっていない。

「早速ですが、さっきの続き、浅見さんは何か知っているのですか？」

「いや、知っているというわけではないのです。誰だって、ああいう状況に対しては、丸山老人の犯行というセンを考えてしまうと思うのですよね。しかし、それは丸山老人の側から見た場合であって、逆に川崎氏の側に視点を置いて考えると、少しおかしい……というより、説明がつかないのではないかと思うのです」

「というと？」

「川崎氏はすでに六十二歳、そう若いとはいえない年齢でしょう。しかも、大N鉄鋼の常務で、次期社長の椅子も噂《うわさ》されるような、重要な地位にある人物です。そういう人が、あの時間に散歩に出掛けるというのは、いかにも軽率な感じがして、おかしいとは思いませんか？」

「うーん……そういうものですかなあ。うちのカミさんの親父《おやじ》などは、七十なんぼになっても、独りでのこのこ山歩きして回りますがなあ」

「いや、それとはちょっと、ケースが異なると思いますが」

浅見は苦笑した。

「それに、散歩に行くにしても、なぜああいう危険な、岩場みたいなところへ行ったりしたのでしょう？　船着き場からホテルまで歩く、あの海沿いの小路は、なかなか風情があって、それに適当に明かりもついていて、むしろそこを散策するほうが、どれほどいいかしれません。島の裏側まで足を延ばすにしても、まだしも砂浜の辺りを歩くほうがのんびりできます。それなのに川崎氏はわざわざ危険な場所へ行った。その理由について、警察はどう解釈しているのでしょうか？」

「それについては、一つの考え方として、丸山老人が川崎氏を呼び出したという場合を想定しておるのですが」

野上は言った。

「もちろんそうでしょうね。丸山老人は川崎氏に対して、昔の埋め立て当時の怨念があった。そのことについて、老人のほうから川崎氏に対して、直談判《じかだんぱん》をしたいと申し込んだ。また川崎氏も丸山老人を説得するチャンスだと考えた——ということは、あり得ることかもしれません」

「そのとおりです。さすがですなあ、浅見さんはもう、そのことまで調べがついておったのですか」

事件発生から、まだたったの三日しか経っていないこの時期、東京にいた浅見が、どうしてそこまで知り得たか、野上は単純に驚いている。

「浅見さんが言うとおりのことがあったのではないかと、われわれも考えたのです。ただし、直談判というようなキツイものであったかどうかはともかくとして、ですな」

「しかし、友好的な会談になることは、どう考えてもあり得ないのではありませんか？」

「それはまあ、そうでしょうなあ」

「にもかかわらず、川崎氏は出掛けて行ったのですか？　しかも、同行している二人の部下に内緒で」

「うーん……」

　野上は唸《うな》った。

「たしかに、そう突っ込まれると、証拠はありませんが……」

「いや、常識的に考えて、それは無理な想定ですよ。若い時なら、反対派の連中の呼び出しにも応じたかもしれません。力で捩《ね》じ伏せる自信だって、川崎氏にはあったでしょうからね。しかし、老いた川崎氏がそんな無謀をするはずはありませんよ。そういう、到底、ありそうにない仮説の上に立って、結論を出すのは、きわめて危険だと思います」

　野上は眉をひそめた。

「だとすると、浅見さんは丸山老人の犯行ではないと?……」

「いや、そうは言ってません。丸山老人がこの事件に関係がないとは思っていませんからね」

「ん?　それはどういう意味です?」

「現に丸山老人の船が鞆の浦を漂流していて、その中で丸山老人が服毒死していたということは事実なのですから。それに、ホテルの客が目撃していたように、丸山老人の船が陸側の船着き場を出て、南の方向へ行き、そこから、漂流しているところを発見されるまでのあいだの、約二時間近く、所在がはっきりしていないという状況は、犯行に何らかの関係があると見なす、充分な根拠にはなり得ると思いますからね」

「そうでしょう？　だったら……」

「いや、状況的証拠にはなり得ても、さっき言ったような理由で、現実的には絶対あり得ないことだと思うのです。ただし、丸山老人が事件に何らかの立場で介在していたということは、大いにあり得ることでしょうけれども」

「ということは……」

野上にも、ようやく浅見の言いたいことが分かった。

「つまり、共犯関係ですか」

「ええ、そうです。丸山老人は共犯者ではあったが、主犯、もしくは実行者ではなかったと考えるべきです」

「うーん……」

野上はまた唸り声を出した。

3

「そうすると、主犯は川崎氏にかなり近い人物――ということになりませんか？」

野上は言った。

「浅見さんの説によれば、川崎氏をあの場所まで誘い出すというのは、かなり困難なことですからなあ……たとえば、一緒に仙酔国際観光ホテルに泊まった二人の部下の内のどちらかか、あるいは両方かというように」

「そのへんのことは調べたのですか？　つまり、アリバイ等については」

「いや……」

野上は苦い顔をした。

「その二人についてのアリバイ調べは、まだ、ほとんど……というか、まったくやっていないに等しいでしょうなあ。言い訳がましいが、事件の発生の順序が悪かったのです。最初に川崎氏が殺されていたという事件だと、最も疑わしいのは、その二人ということになるでしょうからなあ。しかし、死体が発見されるはるか以前に、いわば犯人と考えてもよさそうな人物の、まあ、たぶんに自殺の疑いのある死体が発見されておったものだから……それに、ホテルの客の話で、丸山老人の船の動きがですな、ほぼ川崎氏の死亡推定時刻に重なるというわけで、その時点でほとんど疑問の余地がないような先入観ができてしまったのだと思います」

「やはりそうでしたか……」

浅見は思索する目を、床の間に飾られた侘助《わびすけ》に置いた。

「じつは、ある事情があって、僕は今日、N鉄鋼の福山工場に行って、川崎氏の置かれていたさまざまな背景について、詳しく知る機会を得たのです」

浅見は言った。

「このことは、警察には言ってはならない約束になっているので、あくまでも野上さん個人として聞いていただきたいのですが」

野上は浅見の視線の先で、ちょっとたじろぐような表情を浮かべたが、すぐに大きく頷いた。

「いいでしょう。私も警察の人間としてでなく、浅見さんの友人という立場で聞くことにします」

「それではお話ししますが、川崎氏は、N鉄鋼内部できわめて重大な岐路に立っていたと考えられるのです。端的にいえば、次期社長の椅子を巡る葛藤《かっとう》ですね。社長派と専務派という二つの派閥があって、川崎氏は社長派に属しているわけですが、今度の株主総会が後継役員人事の最終決定の場になるであろうことは間違いなかったのだそうです。巷間《こうかん》、川崎氏有利と取り沙汰されているのですが、必ずしも楽観を許さない状況がいくつかあって、そのもっとも大きなマイナス要素が、この福山工場問題なのだそうです。福山工場建設は、かつては川崎氏を常務の椅子にまで押し上げるために役立った大事業でしたが、いまはN鉄鋼にとっても川崎氏にとっても、大変なお荷物になっているというわけです。その一方、地元との軋轢《あつれき》も頭の痛い問題です。十年前までは、福山市の財政のかなりの部分が、N鉄鋼関連の税収で潤っていたのに、いまは潤うどころか、企業誘致時代の屈辱的ともいえる不平等条約によって、実質的に持ち出しになるといってもいいほどの、過剰サービスをしているのですね。たとえば水道の使用料がケタはずれに安いことや、道路補修費だって、かなりの負担です。それに見合う法人税が入るわけでもないし、N鉄鋼による雇用状況もまるで話にならない。ひと頃は年間三百人もの新規採用があって、地元の中学・高校卒業者の重要な就職先であったものが、現在はわずか三人だそうです。また、N鉄鋼社員や関連企業の社員によって創《つく》り出された消費人口が、一挙に半減したことによって、それに頼って成り立っていた商業やサービス業など、三次《さんじ》産業が壊滅的打撃をうけています。これじゃ、

N鉄鋼に対する怨嗟の声が上がるのもやむを得ませんよね。というわけで、川崎氏は腹背《ふくはい》に難問を抱えて、苦境に立っていたのです。今回の来福の目的は、その一方の問題である、地元対策のためであったわけですね」

浅見の長い話はひとまず終わった。野上は終始、感心したように聞いていた。

「いやあ、驚きましたなあ。私なんか、地元に住んでいながら、そういう事情など、まったく知りませんでしたからねえ」

「それは当然ですよ、まだ去年、福山に来たばかりなのでしょう?」

「いや、そういうことなら、浅見さんなんか、三日前に来たひとじゃないですか」

「ははは、そんなの、比較になりませんよ。だいたい、企業の内部事情なんて、その気になって調べたって、なかなか分かりにくいものなのですから」

「それにしてもですな、地元とN鉄鋼のあいだに、そういう軋轢のあることぐらい知っておらんと……」

野上はしきりに反省している。

「それで、どうなったのですかなあ、つまりその、川崎氏がこんど福山に来た成果というのか、一方の難問だけでも解決できたのでしょうか?」

「問題はそこです」

浅見は笑顔で言った。

「川崎氏の来福は成果があったそうです。というより、実際には鉄鋼業界そのものが、長い不況から脱出しつつある——というのがその背景にあるのですけどね。ともかく、川崎氏は福山市側に雇用の問題などを含めて、きわめて実りある将来像を示し、約束したのだそうですよ」

「そうですか、それなら川崎氏にとっても、地元にとっても万々歳というわけですか。ん？……だとすると、その当事者である川崎氏を殺してしまうというのは、おかしいことになりますか」

「そうですね、しかし、逆に、だからこそ殺してしまいたくなる人間もいるわけです」

「それは？」

「たとえば、N鉄鋼の専務派の人間なんかがそうでしょう」

「なるほど、すると、事件はN鉄鋼内部の勢力争いが原因ですか」

「その疑いがある——というのが、ある人物の考えです」

「その、ある人物というのは？」

「それは、残念ですが、言えません」

浅見はちょっと頭を下げて、言った。

「そうですか、それはまあ仕方がないでしょうなあ。しかし、だとすると、あの二人の部下について、あらためて調べをやり直す必要がありますが」

野上は憂鬱《ゆううつ》そうな顔になった。

「捜査主任は、もう検事さんと話し合って、捜査終結の結論に達したのではないでしょうかなあ」

「これから捜査をやり直すというのは、かなり難しい状況なのでしょうね」

「はあ、まあそういうことは言えるでしょうなあ。たとえ、状況的にその二人が反川崎氏派だったということを立証できても、物的証拠となると、かなり難しい。たとえばアリバイの問題にしても、その二人——一人でも同じことですが、ホテルの玄関から出たということはないわけで、そうなると、窓から外に出たとかですな、そういうことを立証せならんわけです。事件直後でもどうかと思えるのに、これから調べ直して、はたして証拠が出てくるかどうか、かなり難しいでしょうなあ。第一、犯人はなにもその二人にかぎったわけではないのでしょう。会社のほかの人間であるかもしれないし、あるいは暴力団関係の殺し屋かもしれない……」

野上は頭をガンガン叩いた。浅見は思わず吹き出してから、言った。

「それもそうですが、かりに、いま挙げた連中の誰かが犯人だとしてもですよ、さっき言ったこと……つまり、川崎氏がなぜその現場までノコノコ出掛けて行ったのか、という疑問は解決されませんよ」

「そうだ、それですよ、肝心な点を忘れていました」

野上はわが意を得たりとばかりに手を叩いてから、呆れたように言った。

「浅見さんも人が悪いですなあ。さんざん推理させておいて、足下からすくうようなことを言うのだから」

「すみません、そういうつもりじゃないのですが、野上さんもやっぱり、僕と同じ筋道で考えているもんで、つい最後まで聞いてしまったのです」

「そうですか、浅見さんも同じことを考えたのですか。だったら、私もまんざら捨てたものではないですかなあ」

「いや、二人とも捨てたものかもしれませんよ」

「ははは、それは言えてますか」

二人は声を揃えて笑った。

掃除を終えたおばさんが、びっくりした顔を覗かせた。

「なんじゃね、お酒も飲まんと、よう、そないに楽しげに笑いよるなあ」

「ああ、朋《とも》あり遠方より来たるいうてな、この店の不味《まず》い酒で悪酔いするより、よっぽど楽しいけんなあ」

「よう言わんわ、こぎゃん明るいうちから、おまわりさんが仕事もせんと……鞆の浦の事件のほうはどぎゃんなっとるんじゃ？」

「それを言われると弱いな」

野上はショボンとしてみせた。

「ほんじゃったら、こんなとこで遊んでおらんと、犯人を捕まえる相談でもしたらどうじゃいね。鞆美ちゃんも、警察は頼りない言うとったで」

「鞆美ちゃんて、おばさん、丸山鞆美を知ってるのか？」

野上は驚いて訊いた。

「ほうじゃ、知っとるがな。そこのホテルに勤めとって、早番の日には、時々寄って行くことがあるけんの。あの子もかわいそうじゃの。美人やし、ええ娘やのに、ほんま運の悪い子ォじゃの」

「あの」と浅見が会話に割り込んだ。

「その鞆美という娘さんは、丸山さんのお孫さんですか？」

「そうじゃ」

おばさんは（誰ね？――）という目を野上に向けた。

「こちら、東京から見えた浅見さんいうて、優秀な探偵さんじゃ」

「ふーん、探偵さんいうたら、明智小五郎《あけちこごろう》みたいな人ですかいな」

「明智小五郎とは、おっそろしく古いのが出てきたのう」

「そうかて、わしら明智小五郎と、三毛猫《みけねこ》なんじゃらいうのしか知らんもんの」

「鞆美さんが、警察は頼りないと言っていたということですが」

浅見はまた、二人の饒舌に割り込んだ。

「どういう点が頼りないと言っているのでしょうか？」

「お通夜《つや》に行った時、チラッと聞いたのじゃけんど、詳しゅうは知りまへんけどが、刑事が来るたんびに、お祖父《じい》ちゃんのことばっかり訊いてからに、まるでお祖父ちゃんが犯人じゃとでも思うとるみたいや言うて、えろう怒ってはりましたで」

浅見は野上と顔を見合わせて、苦笑した。事実、おばさんの言うとおり、警察の捜査は丸山老人を犯人と決めつけて、まさに終了しようとしているところであった。

「葬式やら何やらで、たいへんじゃったろうが……彼女はもう勤めに戻ったのかな？」

野上は言って、時計を見た。

「勤めはどうか知りませんが、ちょっとホテルへ行ってみませんか、もしかすると、うまいこと、丸山鞆美に会えるかもしれません」

「そうですね」

二人は立ち上がった。

「あとでまた来る。今度はちゃんと料理を用意しとってや」

「ああ、不味い酒もな」

おばさんは悪態をついた。

4

福山センターホテルは福山城の隣にある。このホテルはN鉄鋼福山工場建設と歩調を合わせるように、福山市最初の本格的都市ホテルとして誕生した。さらに、山陽新幹線が開通した昭和五十年に別館を増築している。いわば、N鉄鋼や福山市の最盛期が産んだ落とし子のようなものである。

丸山鞆美は、挨拶のためにホテルに顔を出していた。浅見と野上がホテルを訪ねた時には、丁度、帰宅しようとして、通用門から退出しかけたところだった。

「鞆美さん、お客さんや」

鞆美のかわりにレジをつとめていた同僚が呼びにきて、鞆美はレストランの入口に戻った。

「ああ、刑事さん……」

鞆美は野上に事情聴取された時の記憶がよみがえった。つい、またか――という気持ちに正直に、つまらなそうな顔になった。

「ちょっといいですか」

野上は、この男としては精一杯、愛想のいい顔を作って、言った。

「ええ……でも、ここでは困ります」

「それじゃどうですかね。浜屋へ行きますか。あそこなら、おばさんもいるし」

野上はさっき出てきたばかりの、小料理屋の名を言った。

「ええ、いいですけど」

三人は連れだって、浜屋へ向かった。野上は大股にどんどん歩く。浅見は遅れがちな鞆美に気を遣《つか》った。

「今日はもうお仕事はいいんですか?」

浅見は優しい口調で訊いた。

「ええ」

「ふだんもこんな時間ですか」

「ええ、そういう約束で勤めましたから」

知らない顔の「刑事」に、鞆美はそっけなく答えた。

「しかし、けっこう遅くまで遊んでいるらしいじゃないの」

野上は立ち止まって、斜めに振り返りながら、ズケッと言った。

「あの日は、たまたまです」

鞆美は野上に対しては敵意を剝《む》き出しにしている。野上は苦笑いして、歩きだした。

「どうして遅くなったのですか？」

浅見が野上の代わりに訊いた。

「中学の頃の先生が退職して、その謝恩会があったのです」

「そんなに遅くまで謝恩会ですか？」

「そりゃ、謝恩会は七時頃までやったけど、そのあと、二次会やとか三次会やとか、いろいろあったりして……」

「あんたも飲むのかね？」

野上は面白くないといわんばかりに、向こうを向いたままで口を出した。

「ええでしょう、もうとっくに成人したのじゃし」

「そら、ええけどが、祖父ちゃんは心配しとったのとちがうか?」

「そういうこと、刑事さんなんかに言われる筋合いはないです」

気張って言ってから、鞆美はふいに口を抑えた。

「祖父ちゃんのこと、言わんといて……」

涙声になって、浜屋の暖簾に飛び込んだ。

「あーあ、泣かしてしもた」

野上はバツの悪そうな顔をして、頭を掻《か》いた。

二人が店に入ると、おばさんが気難しい顔で立ちはだかっていた。

「なんぞ言うたんじゃろ、刑事のくせに女の子をいじめたりしてから」

「いや、そういうわけじゃないけどが」

野上は苦笑して、「あそこか?」と小座敷を指差した。座敷の前に鞆美の靴が脱いであって、片方が倒れている。

「当分、お客は近づけんといてや。もっとも、物好きな客が来たらの話じゃけどな」

鞆美はすでに涙を拭いて、急いで化粧を直していた。

「話って、何ですの?　もう全部、刑事さんに話してしまいましたけど」

「まあそう言わんと。それに、この人は刑事じゃないけんな」

「ちがいますのん？」

鞆美の表情が微妙に動いた。

「よろしく、浅見といいます」

「はあ……」

浅見がきちんとお辞儀をしたのに対して、鞆美は、臆病《おくびょう》なキツネが獲物《えもの》の様子を窺うような恰好で、軽く頭を下げた。

「あなたがあのホテルに勤めていらっしゃるとは知りませんでした」

浅見は言った。野上もうんうんと頷いている。

「そうすると、その前の日、川崎さんが泊まられたのは、知ってますね？」

「ええ、知ってます」

「川崎さんとは、これまでにもう、何度も会われたのでしょう？」

「何度もって、よく憶えていません。お客さんは沢山やし、いちいち記憶しておられませんけん」

「あなたはいつからあのホテルに勤められたのですか？」

「おととしからです、その前は、証券会社に二年ばかり勤めていました」

「それじゃ、その間に、川崎さんは七、八回は福山に来ているはずです。福山ではあのホテルしか使わなかったそうですよ」

「はあ、そうですの。でも、最初の一年ぐらいは無我夢中でしたので、どういうお客さんが常連さんか、分かりませんでした」

「何か、話しかけられたことは？」

「そら、ちょっとはあります」

「どういう話ですか？」

「どういうって……きれいになったとか、そういう、ほかのお客さんと同じような、冗談みたいなことです」

「お祖父さんが川崎さんのことを恨んでいたことを、あなたは知りませんでしたか？」

「そら、祖父はN鉄鋼そのものを恨んでましたので……でも、川崎さんのことを知っとったかどうか、私は知りません。そのことじゃったら、もうなんべんも刑事さんに言うております」

　鞆美の目に気の強そうな光が宿った。浅見はそれに気付かないふりをして、訊いた。

「最近、N鉄鋼の人がお宅に行ったでしょう？」

「さあ、どうかしら？」

「知らないはずはないと思いますが。N鉄鋼の社員が、鞆の工業団地の再建計画問題で、かなり日参していたそうです。お宅にも行っていると聞きました。お宅には、日中はお祖父さんはいつもお留守だし、遅番の日だけあなたがいるのでしょう？」

「ええ、それはまあ……そういえば、たしかにN鉄鋼の人らしいのが、何度か来たみたいですけど、よくは知りません。私は会いませんでしたし」

「ほんとうに会わなかったのですか？」

「それは、顔を合わせるぐらいありましたけど、それだけです。嫌いじゃったし、何やらゴチャゴチャ、分からんようなことばっかし言うてましたので」

「名前ぐらいは知っているのでしょう？」

「はあ、名前は、名刺を置いて帰りましたので。たしか木村《きむら》いう人でした。木村準《じゅん》――準備の準いう字を書きます。珍しいので憶えています」

「お祖父さんはその人に会ったことはないのでしょうか？」

「さあ、会ったと思いますけど」

「どうしてそう思うのですか？　何かお祖父さんが、その木村さんという人のこと、話していたのですか？」

「そうではないですけど、誰か知りませんけど、N鉄鋼の者が来ても、もう会うことはないいうて、えろう怒ってましたし」

浅見の質問が途切れるのを待って、野上が面白くなさそうに言った。

「そういう、木村いう人物のことは、刑事に話さなんだでしょうが」

「そうかて、訊かれませんでしたもん。警察は祖父ちゃんがどうしてたとか、そういうことばっかし訊いて、どうでも祖父ちゃんを犯人にしよう思うてたじゃないですか」

鞆美は反対に噛みついた。野上は仏頂面をして黙った。

「お祖父さんが亡くなった夜、あなたは謝恩会でしたね」

浅見が穏やかな口調で訊いた。

「はあ……」

「その夜のことを、少し詳しく聞かせてくれませんか」

「詳しくって、ですから、二次会があって、三次会があって……」

「お祖父さんの事件のことは、どこで知ったのですか？」

「…………」

鞆美は黙っている。野上は（あれ？——）という顔になった。今まで、質問に対してはボールが反撥《はんぱつ》するように、ビンビンと答えていたのに、鞆美のそういう様子は意外だった。

「謝恩会はどこであったのですか？」

浅見は質問を変えた。

「北京《ペキン》飯店というところです」

「光南《こうなん》町にある中華料理の店です」

野上が注釈を入れた。

「何時から何時まで、ですか？」

「五時から六時半頃までです」

「夕食としては、かなり早い時間帯ですね」

「土曜日じゃったし、加藤《かとう》先生の都合もあったし、それで早くしたのです」

「二次会は？」

「ティファニーいう店です、花園《はなぞの》町の」

「時間は？」

「七時から九時ぐらいじゃった、思いますけど」

「そのあと三次会へ行ったのですね？」

「ええ」

「それはどこですか？」

「このお店です」

「ああ、なんだ、ここで三次会をやったのですか。それじゃ、おばさんに早く帰れって、追い出されたでしょう」

「ええ」

鞆美は驚いた目を、浅見に向けた。どうしてそれが分かるのか——という目だ。

「そうすると、十時過ぎ頃には解散したのですか？」

「十時半頃やったよ」

おばさんが店のほうから怒鳴《どな》った。ずっと聞き耳を立てていたらしい。

「困るなあ、そこで盗み聞きしとったら」

野上が文句を言った。

「べつに盗み聞きしとるわけじゃないけどが、安普請《やすぶしん》じゃけん、聞こえてくるものは仕方ないがな」

「十時半にここを出て、それからどうしました？」

「それから……」

鞆美は煩《うるさ》そうに首を振った。

「そういうことは、祖父の事件と関係ないでしょう」

「ええ、関係はありませんが、教えてください」

「なんでですの？　なんでそういうこと、調べにゃあなりませんの？　関係ないでしょう。刑事さんだって、誰もそういうこと、訊きませんでしたよ」

「さっきは、訊かれなかったから答えなかったと言ったでしょう？」

「………」

「だから、なんでも訊いてみようと思っているわけですよ」

「そんな……」

「言うてやったらええがの」

おばさんがまた怒鳴った。

「ボーイフレンドと一緒じゃったというて、教えてやったらええがの」

「おばさん……」

鞆美は悲鳴のような声を出した。

5

鞆美が帰ったあと、おばさんはしきりに後悔していた。

「悪いことしてもうたかなあ」

「ええじゃないか、ほんまのこと言うたんじゃけん」

野上は慰めた。

「ほうかて、鞆美ちゃんは、あの男のこと、あんまし好きじゃなかったみたいじゃものなあ。好きでもないボーイフレンドと、いろいろ噂が立つのは、おとましいこっちゃろ」

「おとましいとは、どういう意味ですか？」

浅見は野上に訊いた。

「つまり、面倒臭いとか、そういうニュアンスですな」

「しかし、好きでもない男と、山の中へドライブに行くというのは、おかしいのじゃないでしょうか」

「何をいなげなことを言うて……お客さん、あんた女《おな》ごの気持ちを知らんのじゃろ」

「いなげな、というのは、おかしなという意味です」

また野上が解説した。浅見は反論しようにも、おばさんの言うとおりだから、困る。

「あの夜、鞆美ちゃんは、えらい酔うておったけ、どうでもなれいう気ィじゃったかもしれん。そこに祖父さまのニュースが流れたいうのんは、たぶん、祖父さまが鞆美ちゃんを守ってくれたいうことじゃないやろか」

野上は席を立った。

「さて、そのおめでたい男のところへ行ってみますかな」

「そうですか……僕はいったんホテルに入ります。さっきの福山センターホテル、予約なしでも大丈夫ですかね？」

「大丈夫に決まってますよ。いま時分、ホテルはガラガラです」

「じゃあ、何かありましたらホテルに連絡してください」

店を出たところで、浅見は首をひねった。野上は足を止めて、怪訝そうに浅見の顔を覗いた。

「あの鞆美という娘、どこかで見たような気がしてならないのですが」

「ほう、そしたら、福山に来てから、どこかで会ったのとちがいますか？」

「はあ、そうかもしれませんが……しかし、会うはずがないのですよねえ」

浅見は頭の中で、福山駅に到着してから今日までの道筋を辿《たど》ってみた。

「やっぱり会っていないですねえ」

「それやったら、他人の空似いうやつでしょう」

「そうでしょうね」

浅見は納得して「じゃあ」と手を挙げた。

野上と別れてセンターホテルに入ると、すぐに東京のニューオータニに連絡した。

「なんだ浅見ちゃんか。快調にワープロを叩いているのに、邪魔しないでよ」

内田はブスッとした口調で言った。

「何を言ってるんです。昨日から何度電話しても、いたためしがないじゃありませんか。また碁でも打ちに行ってるんでしょう」

「そういう編集者みたいなこと、言わないでよ。食事ですよ食事。それ以外は無我夢中で仕事しているんだから」

「まあいいですけどね」

「それで、どうなったの、そっちの事件のほうは。やっぱり間宮氏だっただろう?」

「ちがいますよ、丸山という老人です」

「いや、それは新聞を見て知っているけどさ、偽名でここに来ていたんじゃないかって訊いてるの」

「ですからね、そういう事実はまったくないということです。丸山老人は一日たりとも連絡船の船頭を休んでいないのですよ」

「ほんと、それ？……おかしいなあ」

「おかしいのは内田さんでしょう。もう目にくる年齢だったのですかねえ」

「いやなことを……あ、そうだ、目だよ目」

「やっぱりですか、早く老眼鏡を作ったほうがいいですよ」

「ばかな、そうじゃなくてだね、目が似てたんだよ。新聞の写真と間宮氏とがさ、目の感じが似てると思ったんだけどねえ」

「あんなボヤけたような写真で、目の感じなんか分かるはずないでしょう。まったく無責任なんだからなあ」

「しかしさ、とにかく鞆の浦で殺人事件があったことは事実なんだからさ、僕の言ったことはぜんぜん出鱈目《でたらめ》だったわけじゃないだろう。それもN鉄鋼の常務が殺されたという、でっかいオマケがついていたんだから、よかったじゃないの」

「よかったって……どうしてそう、人の不幸を喜べるんですかねえ。悪い性格をしているなあ」

るじゃないの」

「何を言っているんだ、きみの偉い兄さんだって、他人の不幸をメシのタネにしてい
「あ、そういう言い方は……」

浅見は兄の悪口を言われるとムッとするのだが、たしかに内田の言うことにも一理はある。警察に在職している者は、すべて事件のお蔭で職にも食にもありつけているわけだ。この世の中から事件が無くなったら、警察はいらない。戦争が無くなったら軍隊も、軍需産業もいらなくなるのと同じだ。

だから口では平和を叫びながら、警察や道路標識のメーカーは事件や事故が無くなることを恐れ、軍隊や軍需産業は戦争が無くなっては大いに困るのではないか——という、奇妙な論理が成り立つ。

下はコソ泥から上は国境紛争にいたるまで（という言い方はおかしいが）、彼らが活躍すればするほど、警察や軍隊の仕事は増加し、就職口は拡大されるのである。

「とにかくですね、内田さんが言っていた間宮氏は、その存在自体が怪しくなってきたというわけです。それが今回の調査の結論ですよ」

浅見の冷淡な口調に憤懣《ふんまん》が込められているのを感じたのか、内田は「うーん……」と唸ったきり、しばらく黙った。浅見をはるか福山まで行かせて、骨折り損の草臥《くたび》れ

儲《もう》けであったというのでは、さすがに気がさすのだろう。

「浅見ちゃん、悪いから、帰りの電車代、僕が持つよ。乗車券に特急券までつけてさ」

「いいですよそんなの、いりませんよ」

「そう、いらないの」

内田は嬉しそうに言って、「怒ってないよね？」と訊いた。

「怒ってませんよ。ただ、呆れているだけです」

「まあそう言わないでよ。しかしねえ、あの目はそっくりだと思ったんだけどねえ」

内田のボヤキを聞きながら、浅見は「じゃあ」と言って電話を切った。

そして、ふと思った。

（目か――）

そうだ、目が似ているのか――と気がついた。

（しかし、なぜ？――）

意味のないことのように思えた。たまたま目の印象が似ていたからといって、そんな人間はいくらでもいるのじゃないか。

しかし――と気になった。こだわる気持ちがどんどん膨らんでゆく。背筋から脳髄《のうずい》のほうに突き上げてくるような、ムズ痒《がゆ》いような感触はいつもどおりだ。

浅見はいたたまれない想いで、広くもない部屋の中を、動物園のクマのように、行ったり来たりした。

往復の回数を重ねるごとに、（もしかして？――）という疑惑と、（そんなばかな――）という否定の振幅が大きくなり、やがて振り切れるように、逡巡《しゅんじゅん》がふっ切れた。

第五章　終結宣言

1

さすがに鉄鋼会社らしく、正門は巨大でいかめしい鉄製であった。ロダンの「地獄門」を想わせるような彫刻を施した門柱には、「N鉄鋼株式会社福山工場」の文字が嵌《は》めこまれてある。

門を入ったところで車を下りると、北川は両手を腰にあてて、天を仰いだ。春霞《はるがすみ》がかかった空に向かって、五本の大煙突《えんとつ》がそそり立っている。そのうちの三本から、白い煙が立ち昇っていた。

「まもなく一号炉が再開されるのですよ」

北川は浅見を振り返って言った。

「まあ、一度休んだ炉ですからね、火を入れても、しばらくは稼働できないと思いますが、しかし、長い鉄冷えにも、ようやく春がめぐってきたという感じですなあ」

浅見も北川を真似《まね》て、腰に手を当て、煙突群に対した。こういう、圧倒するような風景は、浅見は本来、あまり好きではない。しかし、この巨大な怪物も、時には休むことがあるし、場合によると死ぬことだってあるのだ——と思うと、妙に親しみを感じるから不思議だ。

「川崎さんも、こうやって煙突を眺めたでしょうねえ」

「ん？　ああ、そのとおりですよ。常務はここに来て、こうやって煙突を見上げるのが好きだったようですな。そういうご自分を『まるでドン・キホーテのようだ』と笑っておられたことがあります。あれはまだ、私が三十二、三の頃でしたか。その時はあまりピンとこなかったのだが、いまにして思えば、なんとなく、常務がそう言われた気持ちが分かるような気がしますねえ」

北川は感慨深げに言って、さらにしばらく煙突を見上げてから、おもむろに、工場事務所のある建物に向かって歩きだした。

応接室に入ると、北川は浅見にソファーを勧めておいてから、内線電話でどこかに連絡した。

「木村君に、来たからと伝えてくれ」

それだけ言うと、部屋の最奥の肘掛《ひじかけ》椅子にどっかりと座った。

木村準は四十歳になったかならないかといった印象だ。もともと痩《や》せ型のところへもってきて、かなり憔悴《しょうすい》しきった顔で事務所の応接室に現われた。

浅見と木村は挨拶とともに名刺を交わした。浅見の名刺には「企画室主事」という肩書がついている。浅見の名刺には肩書は何もない。木村はかすかに眉をひそめた。肩書のない名刺というのは、相手に漠然《ばくぜん》とした不安感を与える。得体《えたい》が知れないということは、なんとなくいやなものである。

「浅見さんはある法律事務所の方で、川崎常務の遺言に関して、確認の仕事をされているそうだよ」

北川龍一郎が浅見を紹介した。

「法律事務所というと、浅見さんは弁護士さんですか?」

木村は自分よりはるかに若い浅見を見て、やや不審を感じたようだ。さすがに川崎の腹心であっただけに、油断がならない。

「いえ、私は弁護士の資格はありません。まあ、使い走りのようなものです」

浅見は鷹揚《おうよう》な態度で、そのくせ、わざと卑下《ひげ》したような口振りで言った。

「何をおっしゃいますか、法律事務所を代表して来られるほどなら、お若いとはいえ、さぞかし優秀な方なのでしょう。ご様子を拝見すれば、分かりますよ」

木村は丁寧な言葉づかいをした。

「だいぶ、お疲れのようですね」

浅見はねぎらいの言葉を言った。

「ええ、いささか参っております。事件以後ずっと福山で、事後処理に当たっていますからね。それに、あの警察の事情聴取というやつは、何度も同じことを訊いて、かなり神経が疲れるものですな」

木村は苦笑したが、すぐにその顔を引き締めて言った。

「いや、しかし、そのことよりも、私は川崎常務を警護しなければならない立場の人間だったわけで、その責任を果たせなかったことに忸怩《じくじ》たるものがありましてね、正直、その慚愧《ざんき》の念にうちひしがれているといったほうがいいのかもしれません」

「まあしかし、今回のことは、何もきみの責任というわけじゃないのだからさ、そう気にやんでも仕方がないよ」

北川が慰めた。セクションはどういうことになっているのか知らないが、北川は年齢差だけでなく、木村よりはかなり上位に属しているような口調であった。

「はあ、そう言っていただくとありがたいのですが……」

木村は軽く頭を下げて、浅見に向かい直した。

「それで、私に何をお訊きになりたいのでしょうか？」

「じつは、川崎さんの遺言状の中に、ちょっと信じられない部分がありまして、つまり、ご家族の中にはそれについてはどうしても承服できないと、そう言われる方がおられるというような、ですね」

「はあ……」

木村の表情に、微妙に動くものがあった。

「そのことについて、木村さんはなにがしか、ご存じのことがあるのではありませんか？」

「さあ、どういったことでしょうか？」

木村は簡単には誘導されない。

浅見はどうしたものか——という躊躇《ためら》いを見せたあと、思いきったように言った。

「要するに、川崎さんには、戸籍に入っていないお子さんがおられたということなのですがね」

「………」

「そのことについては、木村さんもご存じのはずですが」

「………」

「いえ、たとえご存じであっても、木村さんに法律的な責任問題がかかるということはまったくありません。むしろ、ご存じであるのに、否定なさるというのは、道義的にどうかというようなですね……実際問題として、木村さんはそのことに多少なりとも関わってきておられたわけですし」

「知らないとは言いませんよ」

木村はいやいやながら認めるのだ——という頷き方をした。

「たしかに、常務の意志を体《たい》して、そのことで動いたのは事実です」

「それはどういうことだったのですか？　たとえば面倒をみたいとか、そういう申し入れだったのですか？」

「まあ、だいたいそういったところです」

「驚きましたなあ……」

脇にいる北川が声を出した。

「常務にそういうお子さんがいたとは……いったいどこの人なんです？」

浅見と木村と、どちらにともなく訊いた。木村は黙って浅見の顔を見た。この男がどこまで知っているのか——と探る目付きだ。

「あ、こういうことを訊いてはまずかったですかな」

北川は慌てて言った。浅見が必ずしも、すべてを知っていないで、木村にカマをかけている可能性があることに気付いたのだ。

「べつに答えてくださらなくてもけっこうですよ、浅見さん」

「いえ、いずれ北川さんにも知れることですから」

浅見はケロッとした顔で言った。

「丸山清作さんのお孫さんで、鞆美さんとおっしゃる方です」

「えっ?……」

北川はほとんど「ゲッ」と聞こえるような声を発した。演技ではこうはいかない。真実驚いた感じが、きわめてよく出ていた。これで、浅見と北川が馴《な》れ合いではないことが、木村に伝わったはずだ。

「木村さんはその件に関して、川崎さんの意志を体して何度となく丸山さんに会われているのですよね」

「そのとおりです」

木村は満足げに答えた。北川ほどの者ですら知らなかった秘密を、自分はちゃんと知っていたのだ。しかも、そればかりでなく、常務になり代わって、丸山宅に交渉に出向くという、大任を与えられていたのだ——と言いたそうな顔であった。

たしかに、そういう事実は、木村に対する川崎の信任の篤《あつ》さを物語っていることは否めない。

「川崎常務は誠実な方でした」

木村は進んで発言した。

「正直言って、川崎常務の申し出に対して、先方はケンもホロロのご挨拶でしたよ。しかし、何度はねつけられても、常務は私に頼むとおっしゃられて……私もいささかつらい役割でしたが、常務の気持ちを思うと断るに断れませんでね。しかし、そういう常務の真摯《しんし》なお気持ちが、かえってアダになったわけで……」

木村は肩を落とした。

「そうすると、木村さんは、川崎さんを殺したのは、やはり丸山さんだと考えていらっしゃるわけですね？」

「え？　あ、いや、そういうふうには……事件のことはいずれ警察が解決する問題でしょうから、私がどうのこうの言うべき筋合いではありません」

木村はうろたえたように、右手を顔の前に出して、左右に振った。

「しかし、川崎さんがそれほどまで誠意をもって申し入れされたのに、丸山さんはなぜあんなひどい仕打ちで報いなければならなかったのでしょうかねえ」

「それは……いや、ですからね、そういうことは私としてはです、臆測《おくそく》じみたことは言えないわけでして」

「なるほど、よく分かります。木村さんも川崎さんに信頼されておられただけあって、まさに誠実なお人柄かと拝察します。とはいいましても、問題はそのことを抜きにしては処理できないわけですからねえ」

「といいますと？」

「つまり、はっきり言って、川崎さんを殺害した犯人の身内の方にですよ、川崎さんの善意を差し上げていいものかどうか、これは微妙な問題を孕《はら》んでいるわけでして。そうはお思いになりませんか？」

「はあ……たしかにそれはおっしゃるとおりですねえ」

木村も北川も、この難問には妙案がないとみえ、腕組みをして考え込んだ。

「ところで、その隠し子の件については、木村さん以外にはどなたもご存じなかったのでしょうか？」

浅見は訊いた。

「もちろんですよ」

　木村は大きく目を見開いて、言った。

「第一、隠し子という言い方はちょっと問題があります。ある時期までは、常務ご自身もその事実をご存じなかったのですからね」

「その『ある時期』とは、いつ頃のことですか？」

「ん？　いや、それははっきりとは知りませんが、いずれにしても、比較的最近のことだと言われてました」

「最近といいますと、今回、福山工場のテコ入れで頻繁に出張されるようになった頃――と考えていいのでしょうね」

「ええ、まあそういうことでしょう」

「どういうきっかけでお知りになったのでしょうかねえ」

「さあ……」

「丸山老人は川崎さんの誠意ある申し入れを、はねつけ続けるほどですから、丸山さんのほうから、じかに川崎さんに言ってくるということは考えられませんし。かといって、お孫さんの鞆美さんが、その事実を知っていたとも思えません。そうすると、いったい誰が？――という疑問が残るわけですよ」

汗が滲《にじ》んでくる。

木村は額の汗を拭《ぬぐ》った。そう暑くもないのに、額からは拭うそばから、ふつふつと

「そうですなあ……」

「おや、そんなに暑いですか、窓を開けましょうか」

浅見は立っていって、窓を開けた。窓の向こうには海が広がっていた。

「ああ、ここからは仙酔島が見えるのですねえ。そうすると、あの辺りが鞆町の工業団地でしょうか。常務さんは、ここにこうして立って、鞆美さんの家のある方角を眺めておられたのかもしれませんね」

浅見は振り返って、ニッコリ笑った。

「川崎さんは、たしかに木村さんのおっしゃったとおり、誠意にあふれる事業人だったようですね。今回の再建計画でも、地元福山に対して出来るかぎりの誠意を尽くそうという姿勢が見られます。商工会議所の長老の方は『昔の川崎さんとは別人のようだ』と驚いていました。かつては阿修羅《あしゅら》だった川崎さんが、仏になって戻って来た――と、そういう言い方をしていましたよ。思うに、川崎さんにはおそらく贖罪《しょくざい》の想いがあったのではないでしょうか。人間誰しも、勢いのあるときは暴走しがちなものです。いや、人間にかぎらず、企業だって社会だって、勢いがつくと、歯止めがき

かなくなってしまう。その典型が福山市の総合開発だったと思います。結果のいい悪いは歴史が決めることですが、しかし、傷を受けた人の痛みは、生涯消えることはないのです」

浅見は席に戻った。木村は相変わらず額の汗を拭うことに専念している。北川は突然始まった浅見の長広舌《ちょうこうぜつ》に、あっけに取られた顔であった。

「川崎さんは鞆美さんの存在を知り、彼女のご両親が自殺したことを知って、愕然《がくぜん》としたことでしょう。ご自分の事業人としてのありように、疑問を抱いたかもしれません。川崎さんの変貌《へんぼう》を説明するには、そのことを抜きにしては考えられないのです」

浅見は話し終えた。

木村も北川も沈黙したままであった。木村はともかく、北川が黙っているのは、若い浅見の、どことなく坊っちゃん坊っちゃんした風貌からは想像もつかない的確な情勢分析と、微妙な含みを残したような論理が展開されたことに、どう対応していいのか、判断がつきかねているためである。

「木村さん、どうも長いことありがとうございました」

浅見はふいに立ち上がって、お辞儀をした。木村は弾《はじ》かれたように立って、「どうも、こちらこそ……」と、曖昧に言って、部屋を出て行った。

2

「どうもその、よく分かりませんなあ」

北川は首筋が凝っているように、しきりに頭をひねった。

「川崎常務に隠し子がいたという事実は、たしかに驚き以外の何物でもないが、そのあとのですね、浅見さんと木村の遣《や》り取《と》りが、なんだか妙な具合でした。彼はなんだってあんなに汗をかかなければならなかったのですかねえ」

「つまりそれは、隠し子の一件を仕入れてきたのは木村さんだったからですよ」

「えっ、木村が、ですか？」

「そうです……といっても、僕がそのことを確認したわけではなかったので、はっきり言うことはできなかったのですけどね。しかし、木村さんのあの様子を見れば、僕の想像が間違いでないことは確かでしょう」

「ああ、それは間違いないですな。そうですか、つまり、カマをかけたわけですか」

「ええ、ちょっと汚いやり方ですけど、こっちには手札が何もないのですから、やむを得ません」

「なるほどねえ……いや、驚きました。あなたは相当なポーカーフェイスだ」

「木村さんは、今回の再建策を打ち出すために、地元の反対分子を懐柔しようと動いていたのでしょう。もちろん、それこそ川崎さんの意を体してです。その過程で丸山老人に接触した。ところが、老人は木村さんのしつこさに激怒するあまり、息子夫婦の自殺の原因を口走ったのじゃないかと思います」

「ん？　待ってくださいよ、丸山さんの若夫婦が自殺したのは、事業の失敗が原因だったはずですが」

　北川は異議を挟んだ。

「表向きには、ですね。丸山老人としては、鞆美さんの行く末を考えれば、真相を喋るわけにはいかなかったでしょう。もちろん、息子さん夫婦の名誉に関わる問題でもあったわけですしね」

「うーん……浅見さんはまるで、その真相なるものがどういうことなのかを知っているような口振りですなあ」

「知っているわけがありませんよ。話は二十年も昔に遡《さかのぼ》るのですからね。ただし血は二十年の歳月を超越します。いや、実際、血液型を調べれば確認できることでしょうが、それよりも、僕はあの目があまりにもそっくりなのに驚きました」

「目？　川崎常務と鞆美さんのですか？」

「そうです、川崎さんは写真でしか知りませんが、鞆美さんと会った時、どこかで見たような気がして、そうしたら、彼女の目が川崎さんとそっくりであることに気がついたのです。それで、もしかすると……と仮説を樹ててみると、すべてがうまく組み上がってゆくのですね。あ、これだ——と思って、木村さんにカマをかけたというわけです。しかし、鞆美さんが川崎さんのお子さんだと、断定的に言ってしまうのには、かなり勇気を要しました。まあ、一種のカケですね」

「うーん……ますます驚かされますなあ。しかし、その、丸山さんの若夫婦はなぜ自殺したのですか？」

「それは……僕はそういう、ドロドロしたというか、生なましい人間関係のようなものは、あまり考えたくない臆病な人間なのですが、たぶん、交渉の段階で、川崎さんは丸山さんにお嫁入りする直前の奥さんと知り合い、結ばれたのだと思います。そうして子供が生まれた。やがてご主人が自分の子供ではないのではないかと疑って……そういうケースはそう珍しいことではありませんよね。ついこのあいだも、それが原因で、一家四人を惨殺し、自分も自殺した事件がありました。しかも、子供の実の父親が不倶戴天《ふぐたいてん》の敵のような川崎さんだと知って、ご主人は絶望したことでしょう」

それ以上は、浅見はもう話す気にはなれなかった。

「おそらく、鞆美さんが福山センターホテルに就職できたのは、ひそかに川崎さんが手を回したお蔭ではないかと思います。それを一つのきっかけのようにして、つまり、そういう誠意の延長線上に、川崎さんの今回の再開発計画の図面が引かれていったのではないでしょうか。それは、かつてのような企業エゴ剝き出しの、強引なものとは一変していた。だからこそ地元にも快く受け入れられ、かえって計画の推進がスムーズにゆくことになったのだと思います」

「なるほどねえ……いやあ、いちいち感心させられることばかりですなあ。浅見さん、あなたは天才ですよ」

「ははは、そういうふうに面と向かって言われると困るって、言ったじゃないですか」

浅見は大いに照れて、顔が真っ赤になった。それがまた、北川の目には好ましく映る。

「ところで」と、浅見は笑いを引っ込めて、言った。

「あの日、木村さんと一緒に、仙酔国際観光ホテルに泊まった方もまだ福山にいらっしゃるのですね？」

「ああ、梅井《うめい》ですね。ええ、今日もここに来ていますよ。木村同様、警察に足止めを食っているし、そうでなくても事後処理問題で、あと二、三日は滞在せざるを得ないでしょうからね」

「その梅井さんを、ちょっと呼んでいただけませんか」

「いいですとも」

北川は内線電話で連絡を取った。

梅井はすぐにやってきた。歳恰好は木村よりやや若い、三十五、六歳といったところだろうか。若い分だけ、鋭さを感じさせる男だった。

北川は例の調子で浅見を紹介した。

「あの夜のことをお訊きしたいのです」

浅見は切り出した。

「はあ」

梅井は用心深そうに答えた。

「常務さんが出掛けられた午後八時頃ですが、梅井さんと木村さんは何をしておられたのですか？」

「私と木村はずっと地下にあるバーで酒を飲んでいたのです」

梅井は憮然《ぶぜん》として、言った。

「まさか常務があういうことになるとは思いもよりませんでしたからね。いまにして思えば、まったく面目ない話です」

「バーには何時頃からですか」

「食事のあとしばらく経ってからだから……七時半を少し過ぎていましたか。常務は疲れておられる様子でしたから、お誘いしないで、われわれ二人だけで下りて行きました」

「何時頃までそこにいたのですか？」

「そうですなあ、かれこれ十時頃まではいたでしょう。部屋に引き上げてまもなく、なんだか騒がしくなって、フロントに聞いたら、連絡船の船頭さんがどうかしたとかいうことでしたから」

「そのバーですが、お二人ともずっとそこにおられたのですか？」

「ええ、そうですが……どういう意味ですか、それは？」

梅井はムッとした顔になった。

「まさか警察と同じように、アリバイを確かめているわけじゃないでしょうね」

「あ、そうですか、警察もそういうことを訊いていたのですか。それは失礼しました」

　浅見は丁寧に頭を下げた。

「警察で確認されているのなら、アリバイは万全ですよね。それはよかったですねえ」

　梅井は、この場合、怒るべきか喜ぶべきか、迷っている顔であった。

「しかし、二時間ものあいだバーにおられたのだとすると、トイレに立つこともあったと思いますが……つかぬことをお訊きしますが、木村さんが席をはずされたことはありませんでしたか？」

「木村が？」

　梅井は浅見の疑惑が木村に向けられているらしいことで、やや気を緩《ゆる》めたらしい。

「そりゃ、木村にしても私にしても、トイレに立つぐらいのことはありましたがね。しかし、せいぜい一分か二分で席に戻ったし、第一、トイレはバーの中にあって、そこから外に抜け出すということは不可能でしたよ」

「なるほど、それじゃますますアリバイは万全ではありませんか。ほんとによかったですねえ」

（おかしな野郎だな――）

梅井の目に、はっきりと軽侮《けいぶ》の色が浮かんでいた。

「どうも、お忙しいところをありがとうございました」

浅見は礼を述べて、ドアのところまで梅井を送って行った。それから、廊下に出た梅井を「あっ、そうそう」と呼び止め、部屋の外に出た。

「念のためにお訊きしますが、バーへ行こうと提案したのは、お二人のうちのどちらだったのですか？」

梅井は、またまた、妙なことを言うやつだ――という目で浅見を見た。

「それは木村ですよ。しかし、私も飲みたかったですがね。仕事がすべてうまくいって、気分もよかったし」

「どうもありがとうございました」

浅見はニッコリ笑って、部屋の中に引き返した。

北川の不安そうな目が、浅見を迎えた。

3

朝の捜査会議の席上、江島警部は昨夕の検事との打ち合わせで、ほぼ捜査本部が出した結論がそのまま認められたことを告げた。

「あとは周辺捜査によって、証拠固めをしなければならないが、一応、捜査の本筋は終結したと見なしていいということです」

「ちょっと待ってくれませんか」

野上は手を挙げて言った。

「はい、野上さん、何か？」

「はあ、まだ少しひっかかる点があるもんで、結論を出してしまうのは、もうちょっと待っていただきたいのですが」

「ほう、ひっかかるというと、何がひっかかるのです？」

「いや、それはまだ分かりません」

「ははは、困りましたねえ。分からないのにひっかかるというのは、論理的ではありませんよ」

「しかし、実際分からないのだから仕方がありません」

「ますます論理的ではないですねえ」

県警から来ている捜査員の中から、失笑が洩《も》れた。

「まあ、野上さんがどうしてもというなら、所轄で継続捜査をやるのは自由ですから、いっこうに差し支えありませんがね。ともかく、われわれは一両日中には引き上げ、捜査本部は解散します」

江島は結論を言って、席を立った。

捜査員のほとんどが、ゾロゾロと江島のあとに追随《ついずい》した。

（ちぇっ、いやな野郎だ――）

野上は不服だが、現時点では、抵抗できるほどの材料があるわけではない。さりとて、まさか、浅見という人物が事件の謎を解きつつある――などとは言えない。


午後、浅見と野上は福山センターホテルで落ち合った。野上から捜査本部が終結宣言を出したことを聞いて、浅見は苦笑した。

「しょうがないでしょうね。目下のところ、それは間違っていると言えるような否定的要素は、何もないのですから」

「まあ、そういうことですかなあ……そうそう、ところで、あれからあのおめでた男の自宅に行ってきました」

野上は気分を変えて、その件を報告した。

「どうやらあの晩、鞆美さんがずっと仲間と一緒にいたことはまちがいなさそうですね」

鞆美をマイカーに載せて、福山グリーンラインのドライブに行ったのは、鞆美の中学の先輩で、現在ディベロッパー関係の会社に勤めている牧村浩二《まきむらこうじ》という男だった。上背のある、痩せ型で、いかにも新人類というタイプの青年だ。野上は自分と対照的なこういう男を、もっとも苦手としている。


「鞆美がなぜあの晩、僕に付き合ったのかって、そんなこと訊かれても、僕には分かりませんよ」

野上の質問に、牧村は当惑げに答えた。

「僕なんかより、彼女に直接訊いたらええのとちがいますか」

「それはもちろん、彼女のほうにも訊くけどね、一応、両方の話を聞いてみないことには、事実かどうか分からないもんでね」

野上はねばっこい口調で言った。

「そうですねえ、しいていうなら、彼女、ずいぶん酒を飲んどったから、そのせいじゃないかと思いますけどが」

「鞆美さんは、いつもそんなに酒を飲むのかね」

野上はいくぶん不愉快になっていた。若い女性が大酒を飲む図などは、考えるだけでいやになる。

「いや、いつもって、僕はそんなにいつも、彼女と付き合うているわけじゃないけど、あんなに飲んだのは初めてとちがいますか。あの夜はみんながよおけい飲んだけい、彼女もたぶんムードにつられたいうことじゃと思います」

「あんたも飲んだのかね」

「僕は飲みませんよ。車でしたけん、飲むわけにはいかんかったのです」

刑事の誘導尋問にひっかかってたまるか――という顔で、牧村は言った。

「ドライブウェイの駐車場で、丸山さんが死んだいうニュースを聞いたそうじゃが。その時の彼女の様子はどないだった？」

「そら、びっくりしてましたよ。祖父《じい》ちゃんが死んだ言うて、早う車を出せって、怒鳴られました」

「お祖父さんの死を予測していたような感じはなかったかね」

「そんなのあるわけがないじゃないですか。え？　予測したって……それはどういう意味ですか？」

「いや、べつに意味はないけどね」

野上ははぐらかして、また訊いた。

「そうすると、あんたとしては、せっかくムードがいいところまで盛り上がったいうところで、彼女に逃げられたいうことじゃな」

「逃げられたとか、そういうことはないですよ。僕はべつに何も悪いことをするつもりはなかったのやから」

「そうかなあ、おれだったら、その気になると思うけどなあ」

「そりゃ、ぜんぜんそういう気がなかったいうこともないけど。しかし、無理やりにどうこうしようとか、そういうことは考えておりませんでしたよ」

「まあいいじゃないか。彼女にしたって、ニュースさえ聞かなければ、案外そういう気になっとったのかもしれんけんね」

「………」

「そうじゃ、そのニュースをつけたのは、どっちやね？」

「それは僕ですけど」

「ははは、そしたら、自ら失敗を犯したいうことか。気の毒じゃったなあ」

「だからァ、そういう気はなかった言うてるでしょう。刑事さんの邪推《じゃすい》ですがな」

「あははは、冗談や冗談。それはともかく、もう一度聞くけどが、彼女はパーティーから二次会まで、どこへも行かんと、ずっとおったんやかな？」

「ええ、ずっといましたよ」

「いや、どうもありがとう」

野上は礼を言って引き上げた。


「なるほど、それが事実だとすると、鞆美さんは川崎氏と丸山老人の死に、直接関係はしていないことだけは確かなようですね」

浅見は話を聞き終えると、難しい顔を作って言った。

「はあ……しかし驚きましたなあ。浅見さんは本気で鞆美が怪しいと考えておったのですか？」

野上は、そういうことを考える浅見の気が知れない——と言いたげだ。

「怪しいかどうか……いずれにしても、この事件は、彼女のことを抜きにしては考えられないわけですからね」

浅見は言った。

「それはまあ、そのとおりですが、しかし、鞆美が事件に関与したとすると、浅見さんはいったい、どういうケースを想定するのですか？」

野上の質問に、浅見はしばらく逡巡してから、N鉄鋼での「収穫」について話して聞かせた。野上は浅見の大胆な仮説の樹て方と、仮説を真相追究へと結びつける捜査テクニックに目をみはった。

「浅見さん、あなたは天才ですねえ」

野上にしみじみと感心されて、浅見は照れながら「そんなに買いかぶらないで下さい」と、手を横に振った。

「依然として一つ分からないのは、川崎氏がなぜあの場所に出向いたかです。どう考えても、何者かと待ち合わせていた——しかも、それは誰にも内緒にしておかなければならなかった相手である——という結論になりますよね。ところが、そういう条件を満たす人物となると、きわめて限定される……というより、鞆美さんと丸山老人以外には考えられないと言ってもいいぐらいです」

「そのとおりですよ。だから警察は——私もその一人ですが——犯行は丸山老人によって行なわれたと断定したのです」

「しかし野上さん、川崎氏が丸山老人の呼び出しに応じたというようなことがあると思いますか？　僕はそれはどうもあり得ないことのように思えるのです」

「その理由は？」

「第一に川崎氏が丸山老人と直接接触した形跡がないこと。丸山老人は連絡船で川崎氏と顔を合わせているのに、まったく無視するような態度を取っていたようです。理由の第二は、かりに丸山老人が川崎氏に電話で呼び出しをかけたのだとすれば、電話はフロントで繋ぐのですから、分からないはずがない。しかし、そういう事実があったとは聞いていません」

「それは、ホテルに入る前に電話したのかもしれないじゃないですか。いや、前の日に電話したのかもしれない」

「しかし、丸山老人がどうして川崎氏の来福をキャッチできますか？」

「…………」

「丸山老人はここ何日か、ずっと自宅に帰らず、仙酔国際観光ホテルに泊まり込みで、連絡船を操っていたのだそうです。だから、川崎氏が福山に来たことなど、知るチャンスがないはずですよね」

「うーん……」

　野上は言い負けたかたちで、唸った。

「そうすると、前の晩、川崎氏が福山センターホテルに泊まった際、鞆美が呼び出しをかけたというわけですか」

「その可能性がもっとも強いでしょうね」

「そして丸山老人が殺害を実行した——と、そういうことですか」

野上は溜《た》め息《いき》をついた。

「状況としては、そういうことになりましょうね」

「それを立証するには、どうしたらいいのですかねえ。肝心のじいさんが死んじまったことだし。鞆美を引っ張って、尋問する以外にはありませんかなあ」

「どうも、憂鬱なことですねえ」

浅見は野上以上に深い溜め息をついた。

「ああいう可愛い女性が、たとえ消極的共犯であっても、殺人事件の犯人だなんて、考えること自体、やりきれませんよねえ」

「いや、そういう情実で事件捜査はできませんぞ」

野上はわざとしかめ面を作って、言った。

「それはまあ、そのとおりですが……しかしどうも、真相は何か違うことじゃないかなあと、どうしてもそういう方向へ気持ちが向いてしまいがちです。たとえば……」

浅見は視線を天井に向けて、思いを巡らせた。

「たとえば、何かありませんかねえ」

野上も、浅見が発想の転換をしてくれるのを期待している。

「可能性としてはですね……いろいろと考えられていいはずなのですが……」

浅見はしだいしだいに、思考の淵《ふち》に沈み込んでゆく気分になってきた。暗い淵の底にポツンと小さな光が見えてきて、チラチラと思考を惑わす。

（あれは何だろう？――）

気になる光だが、事件の謎を解くヒントなのかどうか、なかなか見えてこない。

（そうだ、間宮だ――）

浅見はふと思い出した。

「間宮老人というのは……あれは何だったのかな？」

思わず口に出して言った。

「は？　何ですか、それは」

野上に訊かれて、浅見はわれに返った。

「ニューオータニの間宮老人のことは、野上さんに話しましたかね？」

「間宮老人？　何ですかそれは？」

「あ、じゃあまだ話していなかったのですね。じつは、東京のホテルニューオータニで妙なことがあったのですよ」

浅見は作家の内田が、間宮と名乗る老人に出会ってから、妙な騒ぎに引き込まれた

「事件」の話をした。

「じゃあ、その老人は間宮元知事さんの名前を騙《かた》ったというのですか?」

野上は地元の人間だけに、元知事の名前が出てきたことに驚いた。

「いや、老人は単に『間宮』と名乗っただけで、元知事だとも、間宮弘毅だとも言っていないのですから、騙ったということにはならないのでしょう」

「しかし、結果的には、なんとなく、その内田さんという作家を騙《だま》したようなことになりますよねえ」

「いや、それは騙されるほうが悪いという見方もできるわけで、だいたい、その作家はいやしい性格ですからね、晩飯を奢られただけで、すっかり目が眩《くら》んでしまったらしいのですよ」

「それにしても、警察まで動いたというのが、どうもおかしいですねえ。いったい何だったのでしょうか?」

「それが分からないのです。ただ、その騒ぎがきっかけで、僕がここへ来ることになったことだけは確かです。だから、しいて言うならば、結果的に僕を誘《おび》き出すための芝居だったことになるかもしれません。だとすると、騙されたのは内田さんじゃなくて、僕だったことになります」

「浅見さん、ひょっとすると、じつはすべてがその、内田さんという人の仕組んだ罠《わな》だったのじゃありませんかなあ」

「いや、それはないですね。あのケチなセンセイが、こういうカネのかかるプランを考えたりすることはあり得ません」

「しかし、その人自身は一文《いちもん》もかからないじゃないですか」

「それでもしませんね。他人のフトコロだって気にするほどケチで、支払いは出版社持ちだというのに、高級ホテルを出て、わざわざ近くの屋台みたいな店に、ラーメンを食いに行くというくらいですから」

「ははは、おかしなことをやりますなあ」

野上はひとしきり笑ってから、言った。

「それはともかく、その奇怪な事件が、かりに浅見さんを誘き出す目的だったとすると、どういうことになるのですか？」

「うーん……速断はできませんけど、野上さん、その奇妙な芝居に事実、筋書きがあったのだとすると、あなただってひと役噛まされているかもしれませんよ」

「え？　私が？　どういう意味ですか、それは」

「僕がここに誘き出される理由といえば、例の『後鳥羽伝説殺人事件』が踏み台になっているとしか考えられません。だとすると、野上さんだってぜんぜん関係がないわけではないでしょう。事実、あの事件で警部補に昇格したのでしょう？　つまり、広島県内ではちょっとは知られた存在だというわけですよ。ことによると、野上さんが福山警察署に勤務していることとも、まったく無関係ではないのかもしれません」

「ほんとうですかねえ？　脅かさないでくださいよ」

野上は浅見の顔を、多少、薄気味悪そうに窺った。

4

丸山家を若い男性が訪れることなど、ここ何年もなかったのではないだろうか。

鞆美はドアを開けて、その青年の顔を見た瞬間、思わず眩《まぶ》しそうな目になった。

「あら、浅見さん……」

「こんにちは、いや、そろそろこんばんはですか」

浅見はニッコリして言った。

背が高く首が長い浅見に、見下ろされるような恰好で、鞆美はうろたえてしまった。

脂っ気の少ない髪は適度の長さで、清潔なシャンプーの薫《かお》りがしてきそうだった。雰囲気はとても都会的だが、気取りのない優しそうな目をした青年である。

「あの、何かご用ですか……ですよね、用事がなかったら、こんなところまで来るわけないですもんね」

鞆美は自分でもどうなっているのか分からない、狼狽《ろうばい》した言葉を口走っている。

「突然お宅を訪ねて、申し訳ありません。じつは、ずっとホテルのほうで待っていたのですが、今日はお休みになると聞いたもので、急いでやってきました」

「はあ、今日は朝からちょっと気分が悪かったもので、休んでしまったのです」

それから、戸惑いながら「あの、汚いところですけど、どうぞ上がってください」と言った。

「いや、ここでけっこうです」

「そうかて、玄関先では……」

「それじゃ、座蒲団《ざぶとん》だけ貸してください」

浅見は上がり框《がまち》に腰を下ろした。

「丸山さんのお宅は、引野町から越して来られて、それ以来ずっとここに住んでらっしゃるのですか？」

「ええ、そうみたいです。私が生まれる前の話ですけど」

「ご両親は、そこの工業団地で、工場を経営なさっていたそうですね」

「ええ」

「しかし、残念ながら失敗してしまった」

「ええ」

「漁師さんだった方が、にわかに工場を始められても、うまくいかなかったのかもしれませんね」

「ええ」

「あなたはもちろん何も知らない頃でしょうけれど、お祖父さんの口から何か聞かされたことはありますか?」

「それはまあ、N鉄鋼の悪口とか……」

「お祖父さんはN鉄鋼を猛烈に憎んでいたのでしょうねえ」

「ええ」

「復讐《ふくしゅう》するとか、そういうことはおっしゃっていませんでしたか?」

「………」

「殺してやりたいとか」

「また、そういうこと……刑事みたいなこと訊かはるんやったら、帰ってください。

もう沢山です」

鞆美は悲痛な表情になった。

「失礼、そういうつもりで言ったのではないのです。お線香の薫りが漂ってきたものですから、つい、お祖父さんの無念な想いを連想してしまって……ごめんなさい」

浅見は頭を下げた。

「お祖父さんはN鉄鋼や川崎氏を憎んで当然だと思いますが、鞆美さんはどうだったのでしょうか。N鉄鋼については」

「それは……はっきり言って、私はよう分からないのです。祖父の話だとか、ここの工業団地の人の話なんかでは、N鉄鋼は悪いいうことになりますけど、ここの人の中にもいいと言う人もおられるし、それに、街のほうへ行けば、やっぱしN鉄鋼のお蔭で繁栄っていうか、福山はN鉄鋼が無《の》うなったらいけんと、言う人が多いし。実際、ホテルのお客さんは、ほとんどがN鉄鋼の関係の人で、N鉄鋼のお蔭で生きている人は確かに大勢おられる思うんですよね。それでも、祖父みたいに、ここでじっと海ばっかし見て、世の中のことを見ないようにして生きているひとは、固定観念いうのかしら、そういうの、あるのとちがいますか」

「ということは、鞆美さん自身は、N鉄鋼の存在をそれほど悪いとは思っていないのですね?」

「ええ、祖父には申し訳ないのやけど、本心を言うたらそういうことです」

「川崎氏についてはどうですか」

「それかて同じことです。あの人、祖父が言うほど悪い人じゃあないと思うのです。ホテルで話しかけて、冗談言う時も、なんかようは分からんのやけど、優しい人やなあって思えました。でも、祖父に言わせれば、恐ろしい悪魔みたいな男や言うし……やっぱし、よう分かりませんわ」

鞆美は首を横に振った。浅見はふと、彼女に真相を話したらどういう反応を示すか、試してみたい欲求にかられた。鞆美なら、素直に受けとめるかもしれない。

「僕も基本的には、川崎氏は悪い人間ではなかったのだと思いますよ」

浅見は真相を言うかわりに、べつのことを言った。

「川崎氏にかぎらず、日本人の大多数は善良で勤勉な人間だと思うのです。日本というちっぽけな島国を繁栄に導くために、一途《いちず》に働いたし、それによって傷ついたり、犠牲者が出たりしても、ある程度はやむを得ないとさえ思ったのじゃないでしょうか。いや、自分や自分の身内が犠牲になるのも、覚悟の上だったのかもしれません。そこまでしなければ、世界の中で日本は生きてゆけないと、そう信じたのだと思いますよ」

　こういう固い話をする時には、浅見は少し照れてしまう。しかし、鞆美は意外なほど、真面目に浅見の話を聞いていた。

「僕は東京で生まれ育った人間ですけど、子供の頃、ばあやに連れられて潮干狩《しおひがり》に行った記憶があるのですよね。そんなに遠くないところに、東京にも砂浜があったのです。しかし、いまはそんなもの、千葉県のはるか先まで行かないとありませんし、潮干狩のアサリだって、韓国《かんこく》かどこかから運んできて、バラ撒《ま》くのでしょう。奇妙な風景ですよね。しかし、笑ってばかりはいられない。奇妙なのはほんとうは、いつのまにか砂浜を失ったこと、そのことなのです。漁師さんは漁業補償を貰《もら》って、その時点で海を失ったことを認識し、ある程度は納得するけれど、海や砂浜は、漁師や企業のためにだけあるわけではないでしょう。昨日まで裸足《はだし》で行けた砂浜が、今日はもう立ち入り禁止になってしまう。あんなことは、誰に断ってできるのでしょうかねえ。じつに奇妙な話です。しかし、国民は、なんとなくそれを容認してきた。仕方がないと諦めてきたのでしょうね」

　浅見はニコニコしながら話している。「絶対反対！」とシュプレヒコールを叫ぶことなど、およそ不向きな男だ。そういうところが優柔不断に見えて、雪江未亡人などには焦れったくてしようがない。しかし、必ずしも声の大きい人間ばかりが強い意志の持ち主とはかぎらないのである。

鞆美には、浅見のはにかむような語りくちの中に、むしろ本物の良心が感じられた。

(このひと、いいひとだわ——)

そう思った。

「ははは、どうも、なんだか偉そうに、妙な話をしてますねえ」

浅見は頭を掻いて、立ち上がった。

「今日はこれで失礼します」

「あの、よかったら、上がってお茶でも飲んで行ってください」

鞆美は別れがたいものを感じて、言った。

「いえ、そうもいきません。またお邪魔するかもしれませんが、今日はこれで……それから、お独りになられて、心細いと思いますが、しっかり生きてください」

最後の言葉はじっと鞆美の目を見つめて、言った。

「はい」

鞆美は素直に頷いた。

浅見が去ったあと、鞆美は説明のつかない、空虚さを感じていた。

（でもあのひと、いったい何をしに来たのかしら？——）

胸の中にポッカリ空いた部分を感じながら、鞆美はふとおかしくなって、独りで笑ってしまった。


浅見の収穫も、鞆美が感じたこととよく似ていた。

（彼女はいい人間だな——）

浅見はそう思った。丸山老人の「犯罪」に鞆美が手を貸している可能性は、まったくなくなった——と信じた。

丸山鞆美が「いい人間」であると特定することは、今度の事件の全体像を描くために重要なファクターなのであった。

よく出来た推理小説には、じつに多くの人間が登場する。その中の誰が犯人であるかを推理するためには、いい人間と悪い人間を色分けすることから始める。読者にしてみれば、それが唯一の正しい方法であるはずなのである。

ところが、意地悪な作家は、わざとひねくれて、悪そうな人間がじつはいい人間だったり、またその逆だったりと、設定をいろいろ複雑にして登場させる。中には「そんなのインチキだよ」としか思えないような、詐欺《さぎ》同然の「ひっかけ」もあったりして、読者のほうもそれを逆手《さかて》に取って——と、楽しみ方もさまざまなのだろう。あのケチな内田康夫の作品には、そういう露骨な「ひっかけ」はあまりない。大きな物語の流れの中で、意外な人物が犯人だったりすることは、もちろんあるのだけれど、インチキという感じはしない。なかなか良心的な作家で、それが人気の秘密なのだろう。その点は浅見も認めている。

実際の事件を捜査する場合にも、基本的には「いい人間」「悪い人間」の色分けから始めるというのは同じだ。いや、むしろ小説の場合より、その作業はシビアに行なわれなければならない。

さて、そういう視点に立って、これまで登場した人物の中から、はたして誰がジョーカーなのか——を探すとなると、そうは言っても、なかなか難しいものである。

しかしともあれ、もっとも疑わしい人物であった丸山鞆美を削除できたことで、浅見の「捜査」は大きく一歩前進したことだけは確かなのだ。

そして、もう一人の「容疑者」である丸山老人は、すでにこの世にいない。

となると、怪しむべき人物は「誰もいなくなった」のであろうか？

福山へ帰るバスに揺られながら、浅見光彦の推理は最後の締め括《くく》りに向けて少しずつ固まりつつあった。

もしこれが小説だとしたら、読者もたぶん浅見とともに思索し推理しているクライマックスといったところにちがいない。

こんな面白い話があったと知ったら、あの軽井沢のヘッポコ作家は地団太を踏んで悔しがることだろう。推理する頭の片隅でそのことを思い、浅見はニヤリと北叟笑《ほくそえ》んだ。

第六章　初めと終わりと

1

三月三十日、江島警部をはじめ県警本部のスタッフは引き上げ、捜査本部は事実上、解散した。

マスコミに対しては「事件は丸山清作の犯行と思われるが、なお継続捜査中」という、いくぶん含みを持たせたかたちながら、一応、終結宣言がなされている。

野上は不満ではあったが、その一方では浅見とともに好きなように捜査が出来るという点では、ありがたい気もしないではなかった。

ところが、朝から、浅見は姿を消してしまった。

ホテルを訪ねると、フロントが「浅見様はけさ、東京へお発《た》ちになりました」という。

「野上様がお見えになったら、明日には戻るとお伝えするように言われております」

「東京へか……なにをしに行かれたんかいな？」

野上は急に心細くなった。

継続捜査といったって、差し当たりすることは何もない。すべては浅見待ちというのが本音だ。

署長や刑事課長は、『鞆の浦殺人事件捜査本部』の張り紙を早く下ろせと言うのだが、野上はあと二、三日待ってくれと頼んでいる。その手前もあって、野上としては、浅見に見捨てられては大いに困るのであった。

それにしても浅見光彦という男は、会って顔を見ているだけでは、なんでもない、ただのノホホンとした青年のようだが、ひとたび頭脳が回転しはじめると、どこからそういう発想が生まれるのか――と驚かされる。

それに、犯人に対してさえ、一緒に涙を流せるような、あの優しい人柄がなんともいえない。それでいて、犯罪や悪事を憎むことは人後に落ちない。ああいうのをこそ「罪を憎んで人を憎まず」というのだろう。

野上はもちろんだが、彼の妻の智子《ともこ》も、大の浅見ファンなのである。

「必ずお寄りしてもらうよう、言うてや」

そう言って釘を刺されているのだが、この分だとどうなるか心配になってくる。

その浅見は翌日の午後、福山に戻った。

いらいらしながら、浅見からの電話を待っていた野上は、浅見ののんびりした声を聞いた時には、思わず、若い刑事に対するように、受話器に向かって「いままでどこで何をしとったんじゃ？」と怒鳴りそうになった。

準備中の浜屋の小座敷で待ち合わせた。おばさんは「買い物にゆくけん、留守を頼むわ」と、出掛けて行った。

少し後れて入ってきた浅見は、野上の顔を見るなり言った。

「間宮氏に会ってきました」

「えっ、間宮元知事さんにですか？」

野上は驚いた。まったく、この浅見という男は、ひとを驚かす名人だ。

「ははは、そうではなく、本物の……というのもおかしいですか。どちらも本物なんですから。要するに、作家の内田さんが会った間宮氏のほうです」

「じゃあ、間宮違いだったのですか？」

「ええ、そうです。間宮明則《あきのり》という人でした」

「しかし、内田さんを調べに来た刑事は、間宮弘毅の名前を言ったのじゃなかったですか？」

「そうなんですよね。だから、完全にひっかかったのです」

「ひっかかった……というと、じゃあ、やっぱり浅見さんが言っていたように、浅見さんを鞆の浦の事件にひきずりこむための工作だったのですか？」

「早く言えばそういうことです」

「しかし、それは事件より大分前に起きた出来事ですよねえ、その時点で鞆の浦の事件のことを知っておったのなら、その間宮明則という人物が犯人いうわけですか？」

「いや、それがそうじゃないのだから、話はややこしいのです」

「違うのですか？　うーん……そもそも、その間宮明則という人物は、何者ですか？」

「間宮一族の長老です。間宮元知事には従兄《いとこ》に当たる人物で、この備後一帯から広島県の政界の、いわばフィクサーといってもいい存在です。間宮元知事や同じ一族の代議士を裏で支えている、たいへんな人物なのですよ」

「そうなのですか。いやあ、私らはちっとも知らんですなあ」

「そうでしょうねえ。そこにフィクサーのフィクサーたる所以《ゆえん》があるわけですから。

しかし、間宮明則氏は、政界の楽屋裏に入ってしまう前は、引野町の町長を三期も勤めていた人でした。例の埋め立て騒ぎの際に、県や国の圧力に屈して、責任を取って引退したのですから、住民には人気があった人です。いまでも、年寄り連中には『先生、先生』と親しまれているのだそうですよ」

「しかし、それほどの人物が、なぜそういう、元知事さんの名前を騙《かた》ったりしたのです？」

「それはもちろん、元知事の名前を使ったほうが、より効果的だと思ったからです。地元ではいくら大物といっても、全国的に有名人というわけではありません。現に地元のあなたでさえ知らないほどですからね。失踪騒動を装ったところで、誰も本気で相手にしてくれないだろうと考えたからでしょう。それに、騙るといっても、実害があるわけではないし、身内の人間ですからね」

「うーん、まあ、そういえばそうですが……で、その間宮氏はどこにおるのです？」

「住所はこの近くの新市町《しんいちまち》だそうですが、ご本人はいま、東京の病院に入院中です」

「病院？　どこか悪いのですか？　いや、悪いから入院しているのでしょうけどが」

「糖尿《とうにょう》だそうです。現在は近親者以外は面会謝絶なのですが、看護婦に名刺を渡してもらうと、すぐに通してくれました。僕が病室に行くと、ベッドの上に座っていて、

『やっぱり来ましたな』と嬉しそうでしたが、やつれた顔でした。それなのに内田さんにご馳走した時には、けっこう酒を飲んだそうだから、ずいぶん無理をしたのでしょうね。ご本人は、東京で孫娘の結婚式があるついでに入院する予定で上京したと、言ってはいましたが」

浅見は顔を曇らせた。

「じゃあ、その『事件』の際には、間宮氏は実際、ニューオータニに泊まっておったのですか」

「そうですよ、ちゃんと泊まっていました。間宮元知事が泊まっていたのも、その結婚披露宴に出席するためだったのです」

「それで、その間宮氏は、内田さんを騙《だま》したことを認めたのですか？」

「ええ、認めました。刑事も親戚の若い者に頼んでやってもらったと言ってました。警察手帳はただのビジネス手帳だったそうです。そういうところはかなり茶目っ気もある、面白い人のようです」

「ふーん……だとすると、間宮氏はほんとに事件の起きることを知っておったのですなあ。だったら警察に通報してくれたらよさそうなもんじゃないですか。それが市民の義務というものです」

「さあ、それはどうでしょうかねえ」

浅見は首をかしげ、ちょっといたずらっぽい目で野上を見た。

「何も事件が起きていない時点で、はたして警察が面倒見てくれるものかどうか……」

「そんなことはありませんよ。警察はちゃんと、それなりのことはします」

野上は憤然として、言った。

「しかしまあ、終わってしまったことは仕方がありませんが。で、どういうことになったのです？　間宮氏は事件の真相を知っているのですか？」

「いや、ああいうかたちで事件が起きると知っていたわけではありませんけどね。ただ、漠然と、何かが起こるという、予備知識のようなものがあっただけで、残念ながら、事件の真相や犯人が誰かということまでは知らないそうです」

「それにしても、どうしてそういう予備知識があったのですかねえ？」

「丸山老人の口から聞いたのですよ」

「丸山老人に？」

「間宮氏は丸山老人とは小学校の時の同級生で、仙酔島へ渡る時、丸山老人から『ひょっとすると殺されるかもしれない』といった話を打ち明けられたのです。その時の印象では、老人の愚痴のようでもあったが、かといって気にはなるし、入院はしなければならないし——ということで、誰か適当な人物に伝えておきたいと思っていた矢先、たまたま、ニューオータニで内田さんの顔を見て、事件に引きずり込んでやろう——と思いついたというわけです」

「それじゃあ、つまり、真相どころか、容疑者すら浮かんでこないじゃないですか」

「それでも、殺人事件である疑いは濃厚《のうこう》になってきましたよ」

「そんなことは私だって考えついたことです」

「まあまあ、そうがっかりしないでください」

浅見は野上の憤慨ぶりがおかしかった。

「僕にしてみれば、間宮氏の存在だけが、唯一の謎になっていたのですから」

「ははは、なんだか、その言い方だと、それ以外の謎は全部解明したように聞こえますが」

「ええ、解明したつもりですよ」

「えっ？　ほんとうですか？」

野上はまたまた驚かされた。疑惑のこもった視線の先で、浅見は白い歯を見せて、ニコニコ笑っている。

2

三月三十一日、川崎達雄の慰霊祭がN鉄鋼福山工場で行なわれた。浅見も北川に招かれて、広い体育館の隅で、その式典に参加した。一応、借り物の黒いネクタイと腕章を巻いたけれど、浅見はふだんどおりのラフなブレザー姿である。

浅見を除けば、全員が喪服をきちんと着ていた。参会者数も驚くべきものがあった。福山市長以下、地元名士も沢山詰め掛けているらしい。祭壇には大臣クラスの政治家や広島県知事名をはじめ、有名人や企業の名が入った生花がところ狭しとばかりに飾られている。鞆美のボーイフレンドの勤め先であるディベロッパーの社名もあった。

おそらく、福山の企業のほとんどが、なんらかのかたちでN鉄鋼の恩恵や影響を受けているのだろう。場合によったら、それこそ生殺与奪《せいさつよだつ》の権利を、N鉄鋼に握られている企業だって、少なくないのかもしれない。

しかし、こういう慰霊祭ではつきものの、単なるお付き合いというのではなく、心の底から故人に哀悼《あいとう》の意を捧《ささ》げる——という気配が、会場に漂《ただよ》っていることを、浅見はひしひしと感じた。

川崎ほど、この工場のために働き、文字どおり「いのちを賭《か》けた」人物はほかにないにちがいない。

追悼《ついとう》の辞の中で、社長は断腸《だんちょう》の想いを込めてそのことを強調した。多くの参列者はその時、涙を流した。

川崎は、彼と同じ年配のほとんどの日本人がそうであったように、まさに産業振興の戦士であった。敗戦で廃墟《はいきょ》同然だった日本を立ち上がらせ、ついには世界に冠たるGNP第一位の超大国にまでのし上げた、勤勉で愛すべき日本労働者の典型の一人だったのである。

「川崎君、あなたほどわがN鉄鋼を愛し、わが日本を愛しつづけた男を、私はほかに知りません。ときには心ならずも蛮勇を揮わざるを得なかったこともあったでしょう。しかし、あなたの誠実でナイーブな本質は、誰しもが認めるところであります。そういうあなただからこそ、このN鉄鋼が誇る福山工場を建設しえたのであります。不幸にして、いちどは消えた高炉の火も、いまは第一号炉、第二号炉とふたたび点火され、ここにあらたなる発展がスタートしようという矢先に、あなたという巨大な推進力を失ったことは、ひとりN鉄鋼のためばかりでなく、日本の将来のために、まことに惜しみてもあまりあるものがあります」

社長の声は、演技でなく、震えていた。語尾が涙で掠《かす》れることもしばしばであった。女性社員ばかりでなく、男性の中からも嗚咽《おえつ》の声が湧《わ》いたほどである。

浅見は久し振りで感動した。

かつてのプロレタリア文学などを読むと、判でついたように、資本家や企業経営者は悪で、労働者が善であるかのように描かれているけれど、そういう一面的なものの見方が、いかに間違っているかを思わせる光景であった。もっとも、曲がりなりにも民主主義国家である現在と異なって、事実、当時の資本家は搾取《さくしゅ》の権化みたいなのが多かったのかもしれないが——。

社長の追悼演説を聞いていると、日本がここまで頑張ってきたことも、保守党が四十年も政権を握り続けているのも、なんとなく納得できるような気がしてくる。とにもかくにも、企業人は偉かったのである。自民党だって、汚職にまみれながらも、よくやっているのかもしれない。

慰霊祭が終わると、北川が浅見を呼びにきた。

「社長がお会いしたいと言っているのです」

「え？　社長さんがですか？」

浅見は尻込《しりご》みした。どうもそういう大仰《おおぎょう》なことは苦手な男だ。しかし断るわけにもいかない。

　役員応接室に案内されると、すぐに社長がやってきた。それほど大柄ではないのだが、さすがに風格がある。

「浅見さんは警察庁刑事局長さんの弟さんなのだそうですなあ」

　社長はまず、そのことを言った。

「はあ、しかし、兄は兄、私は私ですので」

　浅見は一応、抵抗した。

「ははは、まあよろしいじゃないですか。ひとの褌《ふんどし》で相撲を取るのも、悪くはないものですぞ」

　彼にそう言われると、妙なこだわりを抱いていることの虚《むな》しさを感じてしまう。その辺が、人間の出来の違うところだろう。

「川崎君の事件で、協力していただいているそうですな」

　社長はやや声のトーンを落として言った。

「はあ、お役に立てるかどうかは分かりませんが」

「いや、あなたならお任せできる。なにぶんよろしくお願いしますよ」

　頭を下げてから、付け加えた。

「ただ、ひとつだけ申し上げておきたいことは、角《つの》を矯《た》めて牛を殺さないように、その点だけをご配慮願いたいということです」

しばらくじっと浅見の目を見て、スッと立ち上がった。

「ではこれで失礼します」

あっというまの出来事であった。社長は送りかける北川を制して、ドアの向こうに消えた。

「社長は何を言いたかったのですかねえ?」

北川はしきりに首をひねっている。

「まさか、社内に犯人がいるとでも思われているのではないでしょうがなあ」

「いや、社長さんはそのことを懸念《けねん》されたのだと思いますよ」

「まさか……しかし、浅見さんはどうなのです? あなたもそういう可能性があると考えているのですか?」

「さあ、どうでしょうか……」

浅見は曖昧に笑った。

浅見の頭の中では、すでに犯罪のシナリオは完成している。登場人物のキャスティングも終わった。

だが、どうすればそれを実証できるかが、まだ分からなかった。白い舞台の上で、沢山の人間が自分の出番を待っているのに、肝心な演出家がキューを出せずにいるような、もどかしい想いであった。

「明日には、なんとか東京に帰りたいと思っています」

浅見は自分自身に言いきかせるように、言った。

「えっ、明日ですか？」

北川は眉をひそめた。

「すると、調査は中断ということになりますか」

「いえ、そうではなく、今日中にすべてを解決してしまいたいと思っているのです。東京にはやり残しの仕事が溜まっているものですから」

「はあ、今日中に、ですか……」

北川は心配そうに浅見を見つめていた。

3

丸山清作の初七日の法要は、鞆町の古い寺で行なわれた。N鉄鋼の盛大な慰霊祭とは較べようがないほど、小ぢんまりした追悼の式であった。

同じ日に同じような運命でこの世を去った二人の男が、備後灘の入江を挟んだ東と西で、奇《く》しくも対照的な追悼式を行なっていた。

法要には仙酔国際観光ホテルと鞆の浦サンライズホテルの従業員もチラホラと参会していた。しかし、上の方の人間は、まだ捜査中とはいえ、丸山老人に関してとかくの噂があるために、大っぴらな参会を見合わせることにした。

遠い親戚や近所の知人などが集まったけれど、やはり世間の風説を気にするのか、読経《どきょう》が終わるとソソクサと引き上げてゆく者が多かった。

むしろ、鞆美の中学時代の友人が、親身になってくれた。中でも、牧村浩二は細かいところまで面倒をみてくれた。

「おれ、あの晩、彼女を送ったたし、他人ごととは思えんもんなあ」

ほかの連中に、言い訳がましく言って、最後まで居残った。

寺の裏手の斜面に、両親とそして祖父の骨を入れる墓がある。そこからは鞆の浦が一望のもとに見渡せる。祖父が馴れ親しんだ仙酔島も弁天島も、きらきらと漣《さざなみ》が輝く静かな海に浮かんでいる。

鞆美はそこに立って、いつかこの土地を去ろう——と思った。さまざまな想いや、恩讐《おんしゅう》を断ち切らなければならない日が、きっと来るのだ――と思った。

「送ろうか」

牧村が背後から言った。

「うん」

鞆美は応え、祖父のために最後の花を飾った。

境内に駐《と》めてあった車に乗った。鞆の町の道は狭い。崩れかかったような旧家の谷間に、人力車でも擦れ違えるかどうか――というような道がある。

「鞆美って、いい名前だなあ」

牧村はいまさらのように言った。

「きっと、ここの海みたいに美しゅうなるようにって、つけたのじゃろな」

「だとしたら、あてがはずれたというわけじゃね」

「そぎゃんことないけんよ」

牧村は真剣な顔をこっちに向けた。

「危ないわあ、ちゃんと前を向いて運転してよ」

鞆美は笑いを含んだ声で言った。

「おれ、話があるんじゃ」

「話って、何ね？」

「そら、ここでは言えんけん」

「どこだと言えるん？」

「ほうじゃな、展望台へ登らんか？」

「ほうね、ええけど……」

鞆美は時計を見た。

「ほしたら、ちょっと電話せないけん、サンライズホテルの前で停《と》めて」

鞆美は長いこと車を待たせて、出てきた時には、少し化粧が濃くなっていた。

「なんじゃ、めかしておったんかいな」

牧村は眩しそうに鞆美を見た。

「さっき、ちょっと泣いたけん、直してきただけよ」

シートベルトをかけると、鞆美は「ほんなら、行こうか」と言った。

車は少し西へ走り、鞆町を通り過ぎたところから右折して、山道にかかる。じきに海が見えてきた。少し高度が上がると港も見下ろせる。

「私も話したいことがあるんねんよ」

鞆美は景色を眺めながら、歌うように言った。

「話って、おれにか？」

「うん」

「何やね？」

「あとで言うわ。それより、牧村さんの話って、何ね？」

「うん、ああ、それももうちょっとあとで言うけん」

なくとなく気詰まりな雰囲気になって、しばらく黙りこくって、エンジンの音ばかりがやけに大きく聞こえた。

「ラジオ、つけてええの？」

「ああ」

牧村がスイッチを入れた。五時のニュースをやっていた。牧村はすぐにダイヤルを動かして、音楽番組を探した。

「ニュース、聞かんの？」

「ああ、うとましゅうて、好かんわ」

「そう言うけど、あの晩は聞いとったじゃあないの」

「ん？……」

「ほら、祖父《じい》ちゃんが死んだ晩のことじゃ。ニュース、しばらく聞いとったでしょう。

そしたら、祖父ちゃんのニュース、やっとったじゃろう」

「ほうじゃったな、偶然やな。ああいうこともあるのんやねえ」

「あの時、なんでダイヤル変えんかったんかなあ？」

「ん？……」

牧村は暗い目になった。

「べつに、なんでって、意味はないけどが、なんとなく聞いとったんじゃろな……鞆美はなんでそのこと、気にしとるん？」

「そうかて、もしあの時、ニュースを聞かなんだら、私、牧村さんのものになってもええかなとか、思ったんじゃけんの」

「ほんまにね？」

「ほんまや。ほんじゃけん、どうして変えてしまわなんだのか思うて、それ、聞きたかったんじゃ」

「ほうねん……そら惜しいことしてしもうたなあ」

ハンドルの上で指を鳴らして悔しがる牧村の目には、明るさが戻っていた。

「私ね、鞆を出ようか思うてるの」

「鞆を出る？　出て、どこへ行くんね？」

「分からないけど、出にゃあならんじゃろ、思うわけ」

「なんでやね」

「ほうかて、祖父ちゃんのこともあるし」

「祖父ちゃんの何ね？　祖父ちゃんが何をしたいうんじゃ」

「………」

「祖父ちゃんがやったいう証拠は、何もないのや。警察かて、まだ何も分かってへんじゃろが。祖父ちゃんは犯人なんかではない」

「そしたら、犯人は誰？」

「それは……それは知らんけど、祖父ちゃんじゃないことだけは確かじゃけん」

「そんなの、理屈にも何にもなってへんわ」

「ええじゃろ、理屈にならんかて、それが真実じゃ思うたらええがな」

「そんなん、気休めじゃもん……でも、そう言うてくれるのは、嬉しいけど……」

尾根伝いの道になった。ときどき視界が開けて、鞆の浦が見える。カーブを曲がると、N鉄鋼の煙突が見える。春の霞が消えれば、瀬戸大橋も見えるはずだ。

車は展望台の駐車場に入った。手前に何台かの車が駐まっている。牧村はいちばん奥のスペースに車を駐め、エンジンを切った。

静寂がスーッと広がった。

「外はまだ寒いわね」

窓を薄く開けて、指先で外気を確かめ、鞆美は言った。

「鞆美、おれと結婚してくれへんか」

牧村はいきなり言った。

「結婚？」

「ほうや、鞆を出るんじゃったら、おれと結婚して、福山に住もう。おれ、いまの会社辞めて、N鉄鋼に入ることになっとるんよ。いままでおれをアホ呼ばわりして、コキ使うとってた、会社の上役を、逆にアゴで使うてやれるんよ。給料もアップするし、住宅かて社宅のええのがあるし、きっと幸せに出来る思うんじゃあ」

「ありがとう、そう言うてくれるの、嬉しいけど……」

「けど？　けど、何やね？」

鞆美は下を向いて、しばらく黙ってから、髪の毛をサッと払うように、顔を上げた。

「私ね、プロポーズされとるんよ」

「ほんまかいな……誰やね？」

「……そら、言えんけどが、何度も家に来とった人で、いつのまにか、そういう気持ちになったらしいんよ」

「何度も来たっていうと……それ、N鉄鋼の者とちがうんか？」

「…………」

「ほうなんじゃな？」

「…………」

「そしたら、まさか思うけどが、木村とちがうんか？」

「…………」

「木村か？　あの木村準か？」

鞆美は能面のようにさめた表情のまま、肯定も否定もしなかった。

「あんなオジン、鞆美と十五以上も違うのやで。それに、ん？　あの男、カミさんもおるんじゃないか？　ほうや、たしか奥さんも子供もおるで、騙されたらいけん」

牧村は喋っているうちに、しだいに激してくるのだろう、鞆美の右腕を摑んで、口《く》説《ど》きながら揺すった。

「ほうねん、やっぱし牧村さん、木村さんのこと、知っとったんじゃなあ」

「ん？　ああ、そら知っとることは知っとるけどが……取引先いうより、うちの会社はN鉄鋼の手先みたいなもんじゃけんの……それに、木村いうのんは、マの抜けた牧村やな思うて、一度で憶《おぼ》えたんじゃ」

牧村は自慢そうに笑った。

「ほんまやね、おもしろいわァ」

鞆美も笑った。牧村は気をよくしたらしいが、すぐに心配そうに訊いた。

「そしたら、木村もおれのこと、何ぞ言うとったんか?」

「うん、ちょっとけったいなこと、言うとった」

「何ね?」

「あの晩のことじゃけどな」

「あの晩のこと?」

「ほうや、祖父ちゃんが死んだ晩のことや」

「その晩がどうかしたん?」

「一つは、さっき言うたニュースのことや。牧村さんがニュースを聞いたいうのんは、偶然やないとか言うとったんよ。デートにニュースは似合わん言うて、それは牧村さんが計算しとったんとちがうか言ようちゃったわ」

牧村は口をすぼめ、眉根を寄せるようにしてから、言った。

「計算て、何のことね?」

「それは知らんけどが、そう言ようちゃったということ」

「ふーん……それと、もう一つ何ぞ言うとったいうのんは何ね？」

「ほうや、これがまた、けったいなことやね。牧村さんは、あの晩、ずっと一緒にいとったかいうて」

「一緒に？　そら、ちゃんといたじゃろが、最後まで送って行ったのやしなあ」

「そうじゃけど、初めの謝恩会と、浜屋の時から終《しま》いまでは一緒じゃいうことは憶えとるけどが、全部、ずうっと一緒じゃったかどうかいうことは、はっきりしてないもの」

「そら、あたりまえじゃがな。みんな酔っ払っとったんじゃし」

「けど、牧村さんだけは酔うてはいなかったんじゃろ？」

「ああ、おれは車じゃったもんな」

「ほうやねえ、けど、木村さん、なんであげんにけったいなこと、言うとったんやろ？　そこのところ、詳しゅう調べたほうがええ、言うてから」

「…………」

牧村の指先が、神経質そうにハンドルの上側を叩いている。その小刻みな動きが、やがて全身に伝わってゆくらしかった。その震えに抵抗できなくなったように、牧村はふいにイグニッションキーを回し、サイドブレーキを外した。

「帰るん?」

「ああ」

ぶっきらぼうな返事だった。

「牧村さんのさっきの話、考えとくわ」

「ほうか……」

牧村のチラッと振り向いた顔に、かすかな希望の色が浮かぶのを、鞆美は見た。

牧村とは家まで送ってもらって別れた。車が見えなくなるまで立っていると、背後から近づいた車が鞆美の前で停まった。展望台からずっとつけて来ていたのを、鞆美は知っていた。

「大丈夫でしたね」

助手席から浅見の端整な顔が下りてきた。

「ええ、ちょっと心配でしたけど、あそこに何台も車がいたので、安心しました」

「それで、どうでした?」

「なんとか、浅見さんがおっしゃったみたいに話しました」

「そう」

「そうしたら、浅見さんが予言したように、答えが返ってきたので、びっくりしました」

鞆美は牧村との会話の内容を、思い出しながら話した。浅見は終始、「うん、うん」と頷きながら聞いていた。

4

福山駅に社長を見送ったあと、滝沢《たきざわ》専務を中心とする十人のグループが、仙酔国際観光ホテルへ向かった。川崎常務最期の場所で、追悼の宴を催そうというのである。

三台の車に分乗して鞆町に到着した一行は、連絡船・仙酔丸で島に渡った。

船頭は若い三十二、三歳の青年が勤めていた。「いらっしゃいませ」という挨拶や、きびきびした動作は、当然のことながら、丸山老人とははっきり違う。大袈裟にいえば「時代が移った」という印象があった。

一行はホテルに入る前に西の磯へ行って、花束を手向《たむ》け、川崎の霊に祈った。春の穏やかな海に、いままさに落日が沈もうとしている時で、いろいろな想いをかきたてるような、象徴的な風景であった。

「このきれいな海を、毎日、眺めていられることだけでも、せめてもの慰めだねえ」

滝沢専務は感慨を込めて、言った。次期社長の椅子を争ったライバルの突然の死は、この男にとっていかにも苦い勝利であった。

「専務も、御身お大事にしてください」

木村準が腰をかがめて、言った。

「ん？　ああ」

滝沢は木村の顔を一瞥《いちべつ》して、片頬に微苦笑を浮かべると、それをきっかけのように、歩きだした。

夕食まで少し間があるので、いったん各自の部屋に引き上げ、一服する者、風呂に入る者と、思い思いに寛いだ。

木村のところに電話がかかったのは、ちょうどその時である。

「なんだ、きみか、電話はするなと言ってあるじゃないか」

木村はのっけから不機嫌な声になった。

「ちょっとおりいって、話したいことがあります」

「話？　何の話かね」

「お会いして、話します」

「会うわけにはいかないだろう。そのくらいのことが分からないのか」

「しかし、どうしてもお話ししておきたいのでして」

「分からないやつだなあ、何の話か言ったらどうだ」

「……鞆美のことです」

「鞆美？」

木村は思わず、ほかに誰もいない部屋の中を見回して、声をひそめた。

「鞆美とは、丸山のところの娘か？」

「そうです」

「鞆美がどうかしたのか」

「ちょっと、妙なことを言っていたものですから」

「妙なこと？　なんだね」

「どうなっているのですか？」

「どう、とは、何がどうだ？」

「ですから、鞆美とは、です」

「何のことだ……いや、待て……」

その時、ドアをノックする音があった。係の女性の声で「お食事のお支度《したく》ができていますので」と呼んでいる。電話が使用中なので、この部屋に知らせにきたのだろう。

（まずいな――）と木村は思った。電話を聞かれたかもしれない。

「電話はまずい、あとで外へ出る。例の磯のところへ来てくれ。午後九時ちょうどがいい。では」

受話器を置いた。さっと立って、ドアを開けた。誰もいない。木村の顔に安堵《あんど》の色が浮かんだ。

（しかし、電話は――）

床《とこ》の間《ま》の電話機を見て、交わした会話の内容を想起した。聞かれても、内容が臆測できるような話はしていない――と思った。

ロビー一階にある広間には、すでに全員が顔を揃えていた。

「申し訳ありません、東京から電話が入っておりましたので」

木村は入口のところで平伏して、にじり寄るように、下から二番目の席に座った。

「なんだ、カミさんからか？　信用がないんだな」

滝沢の取り巻きの一人である、平野《ひらの》という取締役がからかった。でっぷり太った巨《きょ》軀《く》と、大食いで有名な男だ。

「いえ、仕事のことです」

木村は愛想笑いで口をこわばらせながら、答えた。

「では、川崎常務のご冥福《めいふく》を祈り、併《あわ》せて滝沢専務のますますのご発展を願って、乾杯とまいりましょう」

平野の、完全に滝沢におもねった音頭で乾杯をした。ほぼ全員が威勢よく「乾杯」を叫ぶ中で、木村と梅井だけが、どことなく浮かない顔であった。

「梅井君も、ボスが亡くなって、さぞかし気落ちしたことだろうなあ」

平野が調子に乗って、言った。

「はあ、じつに残念です」

梅井は頬を引きつらせるようにして、気張って答えた。

「これからのN鉄鋼にとって、川崎常務はなくてはならない存在だと思っていましたから」

「ふーん」

平野は眼鏡をキラッと光らせて、言った。

「そうすると、専務やわれわれは、いなくてもいいということかね」

「いえ、そういうわけでは……」

「しかしだなあ……」

「おやめなさいよ」

滝沢は軽く平野を窘《たしな》めた。

「梅井君の言うとおりだ。N鉄鋼は惜しい人材を失ったのだよ。しかし梅井君、きみは直接、川崎常務の薫陶《くんとう》を受けた男だろう。これからはきみたちの時代になる。川崎君の遺志を継いで頑張ることだよ」

「はあ……」

梅井は涙ぐんでいた。

「私は明日、東京へ帰るが、きみも一段落ついて戻ったら、私のところへ顔を出しなさい。いいね」

「はい」

梅井はあぐらの膝《ひざ》に手を突いて、蟹《かに》のように頭を下げた。

木村は滝沢の視線が、いちども自分のほうに向けられないことが不満だった。何かひと言あってしかるべきだ——と思う。

ホテルのほうは気をきかせて、「精進料理にいたしましょうか」と言ったのだが、滝沢は割り切って、その必要はないと命じてあった。

「鞆の浦に来て、魚を食わなきゃ意味がないじゃないか。川崎君だって、ここの料理を楽しみにしていたのだよ。彼の分まで、大いに魚を食ってやるのだ」

お蔭で豪華な食卓になった。飲めや歌えというところまではいかないまでも、一人を除く全員が鞆の浦の味覚を楽しんでいた。

一人、木村だけが心ここにあらざる状態で、グラスを運ぶ手も鈍りがちであった。

滝沢専務はほどよいところで席を立った。それを追うようなタイミングで、木村も宴席を抜け出した。

フロントの前を、わざとよろけるようにして通り、玄関に行った。

「お出掛けでございますか？」

若い女性が駆け寄って、声をかけた。

「ちょっと、酔いざましに散歩してくる」

下足番《げそく》の男が靴を持ってきた。

「お足元にお気をつけて、あの、なるべく遠くへはいらっしゃいませんように」

女性の声を背中に聞いて、玄関を出ると、木村は足早に歩いた。時刻は九時をすでに過ぎている。

（あの馬鹿、焦《あせ》って何をするか知れん――）

一足《ひとあし》ごとに、不安が追いかけてくるような気分が強まった。海岸にはモーターボートが着いていて、月明かりの下でわずかに揺れているのが見えた。

木村の足音を聞いて、崖《がけ》の下にうずくまるようにしていた男が立ち上がった。

「私だ」

木村が言うと、男は「どうも」と言いながら近づいてきた。

「いったいどうしたんだ？」

「木村さん、あんた汚いですよ」

「何？　なんだ、その口のききようは」

「だって、そうでしょう、あんた、鞆美を口説いたそうじゃありませんか」

「口説いた？　何を寝言、言っているんだ。いつ私がそんなことをした？」

「隠しても無駄ですよ。第一、あんた、おれのアリバイのないことを、彼女に調べろって……どうしてそういうひどいことをするんです？　おれが捕まれば、あんただってただじゃすまないようにしてやりますからね」

「何のことだ？　何をくだらないこと、言ってるんだ」

「鞆美は、おれが殺《や》ったっていうことを勘づいたにちがいないですよ」

「どうして……ばかなことを言うなよ。なんで彼女がそんな……」

「あんたが言ったんじゃないですか？」

「私が？　何をうろたえているんだ」

「うろたえているのは、そっちじゃないですか。おれがまさか、そこまで知っているとは思わなかったのじゃろが、こっちだって必死だからね、騙されてたまるもんか」

接近するにつれ、牧村の吐く息が火のように熱いのを、木村は感じていた。

「落ち着け、落ち着いて私の話を聞くんだ」

尻込みしながら、言った。声を抑えているのが、精一杯だった。

「おれは落ち着いてますよ。おれの腹は決まっているんだ。もう一人殺したからって、大して違わないんじゃから」

「待て、勘違いするな、私は何も誰にも言ってない。あんた、騙されているんだ。それが分からないのか」

「おれは騙されてなんかいない。鞆美はたしかにそう言うたんじゃけん。そんなこと、あんたが喋らなければ、鞆美が知ってるわけないじゃろが。あんた、おれだけを死刑にして、鞆美を横取りしよう、思うとるんじゃ。誰がそんな甘っちょろいこと、されたままでいるものかね」

牧村の手が足下の石を摑んだ。

「やめろ！」

ついに木村は悲鳴を発した。その悲鳴が岩場に谺《こだま》したように、さらに大きな声が響き渡った。

「やめろ！　やめろ！……」

二人の悲劇的シーンを、いっそう効果的に演出するように、三つの光芒《こうぼう》がいっせいに磯の舞台を照らした。そして、その光源からいくつもの黒い人影が飛び出した。

「やめろ！　石を捨てろ！　木村準ならびに牧村浩二、殺人および死体遺棄の容疑で逮捕する」

野上警部補の声が、凛《りん》として響いた。

牧村は茫然《ぼうぜん》と立ち竦《すく》んでいた。それに向かって、痩せた木村が突進した。

「馬鹿野郎、きさま、だからあれほど言ったじゃないか。ハメられやがって、この野郎、この野郎……」

牧村は木村に押し倒され、馬乗りになった木村に殴《なぐ》られるままになっていた。うつろな目の上に、淡いベールのかかった月が、じっとこの風景を見下ろしているのが見えた。

5

この夜の逮捕劇は、報道関係者にまったく察知されることがなかった。逮捕された二人はひそかに鞆派出所に護送され、そこでひとまず取り調べが行なわれることになった。

すでに午後十時を過ぎていたこともあって、鞆町の住人でさえ、この騒ぎに気付かなかったほどだ。

逮捕の際、野上が景気よく怒鳴った「殺人および死体遺棄の容疑」というのは、じつは、ややハッタリぎみの発言で、その時点では逮捕令状など、所持しているどころか、請求すらしていなかったのである。

とはいえ、まかり間違っても、牧村浩二には殺人未遂、木村準には暴行・傷害の現行犯逮捕――という逃げ道があるから、心配はいらない。木村に殴られた牧村は、唇《くちびる》は切れ、鼻血を出すという、かなりの「被害」を被っていた。そうなるまで黙って殴られっぱなしというのは、牧村がよほど虚脱状態であったことを物語っている。

もっとも、殴ったほうの木村も、鞆派出所に留置される頃には、完全に放心状態で、自分がいったい何をしたのかさえ、はっきり憶えていない様子であった。

それから未明の三時までかかって、野上は木村と牧村に対する尋問を行なった。二人とも、意外なほど素直に犯行を認め、事件の全容を話した。何か、緊張の糸がプッンと切れたような感じだった。

結論的にいえば、供述のほとんどが浅見の推理どおりだったことに、野上はまたしても感心させられることになった。

野上はそのあとの細かい尋問を部下の部長刑事に委《ゆだ》ね、浅見と連れだって、仙酔国際観光ホテルに北川を訪ねた。

「こんな時刻に、何事ですか？」

北川はやや寝乱れた浴衣《ゆかた》姿のまま、目をこすりながら現われた。

ホテルの連中はもちろん、北川もまた、その時まで、まったく騒動のことを知らなかった。

「木村が、ですか？……」

浅見からそのことを聞いた瞬間、北川は茫然として声を失った。これからまき起こるであろう、さまざまな現象に思いを巡らせたのだろう。

たしかに、N鉄鋼常務殺害犯人が、当のN鉄鋼内部および取引先の人間であったという事件が公にされれば、社長が懸念していた、角を矯めて牛を殺すどころの騒ぎではなくなるかもしれない。

「やむを得ませんか……」

ずいぶん沈黙があってから、北川は嘆息と一緒に言った。

「しかし、どうしてそういうことになるのか、一応、説明だけはしてくれるのでしょうなあ」

「もちろんです」

浅見は気の毒そうに、言った。

「僕も、こういう解決方法しかないことを、たいへん残念に思いますよ。しかし、このまま追い詰めてゆけば、もう一人殺人の被害者が出る可能性があったわけですから」

「そうです」

野上が重々しく言い添えた。

「われわれの出方が、もう少し遅ければ、木村は牧村に殺されていたのです」

「いっそ、殺されていたほうが、彼のためにも会社のためにも、よかったのかもしれませんな」

北川は冷酷に言った。野上は呆れた表情になったが、浅見はむしろ、それもまた、ビジネスに生きる人間の論理なのだろう——と、ある意味では感心させられた。

「それで、木村の犯行であるという結論は、どういうところから出たのですか？」

北川は質問を繰り返した。

「警察の調べによれば、彼にはあの夜、アリバイがあるのだそうじゃないですか」

「そのとおりです。木村は梅井さんと一緒に、ここのバーで十時頃まで酒を飲んでいたことは間違いありません。殺人の実行は、ですから、牧村が受け持ったのです。つまり、木村の仕事はお膳立《ぜんだ》てということになりますね」

浅見はコーヒーで唇を湿して、言った。

「そもそも、木村が犯意を抱いたのは、丸山老人が川崎常務にきわめて強い憎悪を抱いていると知ったことに端を発しているのです。はじめ、木村は、老人の怨《うら》みが、単に、漁業権を奪われたあげく、息子夫婦が事業に失敗し、自殺に追い込まれたため——と考えていました。ところが、息子夫婦を無理心中に追い込んだほんとうの理由というのは、鞆美さんの実の父親が川崎さんだったことにあるわけで、それだけに丸山老人の川崎さんに対する憎悪の念は並大抵のものではなかったのです」

昭和三十六年から四十一年にかけて、当時のN鉄鋼企画室長・川崎達雄は、福山工場建設計画推進のプロジェクトチームを指揮した。まだ三十代だった川崎は、まさにN鉄鋼を背負って立つエリートとして、この地に乗り込み、広島県および福山市当局、そして漁業者との交渉の場で、強引とも思えるような采配《さいはい》を振ったのである。

　当時、地元ではN鉄鋼のことを「進駐軍」、川崎のことをマッカーサーと呼んだのだそうだ。それほどの辣腕だった。

　その五年間の福山時代、川崎は漁業組合に勤務していた敦子《あつこ》という女性を愛し、肉体関係まで結んだ。しかし、その一方で、敦子には丸山清作の息子・清孝《きよたか》との縁談がすすめられていた。

　結婚式の数日前、川崎と敦子は最後のひとときを過ごし、涙ながらに別れた。

　そして、まもなく、川崎は建設計画が一応、完了したこともあって、東京本社に凱《がい》旋《せん》した。

　その十ヵ月後、丸山家の嫁は女子を出産した。丸山老人は初孫誕生を大いに喜び、生まれた子に「鞆美」と名付けた。鞆の浦の海のように美しかれ——という願いが込められていたことは、いうまでもない。

　だが、丸山家の幸福は、長くは続かなかった。やがて敦子は、鞆美が夫・清孝の子ではなく、川崎の子供であることを悟り、ついにその秘密は清孝の知るところとなった。

清孝は事実を知って悩み、絶望のあまり、敦子を無理心中に誘い込む。その際、鞆美を道連れにしなかったのは、清孝の人間としての優しさのせいだろう。

息子夫婦の心中のほんとうの理由を、丸山清作は自分一人の胸に秘めて、いつかきっと、あの憎むべき川崎に、復讐しようと、心に誓った。

そして、二十年の歳月が流れ、川崎はふたたび福山工場の再開発計画をひっさげ、福山にやってきた。

その計画の中には、鞆町工業団地の整備再開発促進が盛りこまれていた。現在の団地をさらに北側へ広げ、関連下請け工場の組織化、大型化、効率化を図ろうというものである。

その用地取得のために、木村準が丸山家を訪れ始める。

丸山老人は木村が、訪ねて来るたびに、ケンもホロロに追い返すが、あまりのしつこさに業《ごう》をにやして、思わず川崎の「旧悪」を口走った。

「おまえんとこの親分は、うちの嫁に鞆美を生ませた悪魔じゃ！」

このひと言が、やがて木村に殺意を吹き込むことになった。

木村は本質的には優秀な男で、それゆえに川崎常務に信任されていた。社内では肩で風を切って歩くような、自他共に許すエリートであった。

だが、その反面、木村には常に不安に脅えているようなところがあった。絶えず何かに追われているような不安感――それはいわば、エリートビジネスマンの宿命なのかもしれない。

「信長《のぶなが》に反逆した明智光秀《あけちみつひで》の性格を、僕は連想しました」

浅見は言った。

「光秀も、信長にいつ切られるか――そのことに強い不安感を抱いていたのでしょう。その不安は、背後から、羽柴秀吉《はしばひでよし》というライバルに追われていることによって、いっそう増幅された。そして、信長に信任されているのに、突然、反旗を翻《ひるがえ》して、切られる前に刺したのです。木村には梅井さんという強力なライバルがいました。能力的には自信があっても、梅井さんの、あの真摯な忠誠心には太刀《たち》打ちできない。いつかきっと、追い抜かれるにちがいない――その思いがつのって、おそらく心身症の一歩手前のような状態に追い詰められていたと考えられます。そして、専務派の誘いに乗って、裏切りを決意した……」

「ちょっと待ってくださいよ」

北川は慌てて言った。

「それは重大な発言ですよ。専務派うんぬんというのは、ちょっと……それが事実だと、誰か、木村を使嗾《しそう》した人物が存在することになる。つまり、共犯関係が生じることになります。軽々しく口にしないほうがよろしいですな」

「いえ、何も専務派の人が、川崎常務の殺害を使嗾したわけではありません。ただ、寝返りをそそのかしたということはあったと思うのです。木村としては、不安の中で、しだいに、それに乗る決意を固めていったのでしょう。しかし、不安からの脱出は、新しい不安を発生させるものです。木村の新しい不安とは、もちろん、裏切りを知った時の川崎常務の怒りでしょう。かりに社長の椅子を滝沢専務に取られたとしても、川崎氏の力量は圧倒的なものがあります。その川崎氏の怒りを避けるためには、もはや相手を殺すしかない——と考えたのでしょうね」

「しかし、いくらなんでも、そう簡単に殺人を思い立つものですかなあ」

北川は詐欺者を見るような目付きで、浅見を見た。

「もちろん、何もない状態では、殺人を犯すなどと考えたりはしなかったでしょう。ところが、木村には完全犯罪の自信があったのです。その自信をもたらしたのが、つまり丸山老人の存在と、老人の川崎さんに対する異常な怨みです。そればかりでなく、木村の前には、恰好の道具があった。それが牧村浩二です。牧村は不平不満の塊のような男で、常に会社に対して不満を抱いていた。自分の才能を不当に低く評価されているという不満。このちっぽけな会社にいたのでは、一生、うだつが上がらないという不安。彼もまた、木村と同じように、現代ビジネスマン共通の、心の病に侵《おか》されていたのでしょうね。その共通項で結ばれた二人が、共通の利益を求めて行動したというわけです」

北川が何か口を挟もうとしたが、浅見はさらに言葉を続けた。

「もちろん、木村が、そう簡単にゴーサインを出したとは思えません。練りに練って、これなら絶対だ――と信じられるプランだったからこそ、実行に移す気持ちになったのでしょう。事実、警察はわずか三日で、丸山老人の単独犯行――という結論を出したくらいですからね」

「そうですなあ、まったくのところ、浅見さんという名探偵が現われなければ、木村の完全犯罪は成立しとったわけじゃものねえ」

野上は満足げに、大きく、何度も頷いた。

「それそれ、そのことですよ」

北川がやっと生き返ったように、声を発した。

「浅見さんが鞆の浦に来たのは、まったくの偶然というわけでなく、小説家の内田さんという人が巻き込まれた、妙な出来事がそもそものきっかけだったわけですよね。そうすると、浅見さんに名推理をさせたのは、じつはその内田さんである——ということになりはしませんか？」

「ええ、そのとおりですね」

浅見はニッコリ笑った。

「しかし、北川さんの説をもう一歩突っ込むと、その内田さんをそうするように仕向けたのは、『間宮』と名乗った謎の老人だったわけです。ですから、考えてみると、内田さんも僕も、その老人によって操られたということになります」

「なるほど……」

北川は、腕組みをして、考え込んだ。

6

「いったい、その謎の老人というのは、何者だったのですかなあ」

北川は難しそうに眉を寄せた。

「それと、はたしてその老人は、ここでこういう事件が起きることを予測していて、そういう、なんていうのか、芝居みたいなことをやったのかどうか、ですなあ」

「予測した――と僕は考えました。そして実際、いま北川さんが言われたとおりだったのです」

「浅見さんは、その謎の老人を見つけて、会ってきたのですよ」

野上は、まるで浅見光彦のマネージャーにでもなったように、得意そうに言った。

「驚きましたなあ。それで、その老人は何者だったのですか？」

「間宮さんですよ」

「それは、老人が名乗った名前でしょう。本名は何というのです？」

「ですから、それが本名だったのですよ」

浅見はおかしそうに笑った。

「だいたい、もっと本気になって探していれば、すぐに老人の正体が分かっていたはずなのです。ニューオータニは一流ホテルですからね、予約の確認などはちゃんとやるでしょうし、前払いでもしないかぎりフリの客は泊まれません。となると、偽名で宿泊するのはなかなか難しいわけです。そして決定的な証拠は、囲碁サロンです。問い合わせしたところ、ニューオータニの囲碁サロンは会員制で、一般客は入れません。しかも、入会希望者が多くて、順番待ちの状態だそうです。ところが内田氏はそのことについては何も言っておりません。入会金が二十万円で、年会費が十六万円という囲碁サロンに、あのセンセイが入るはずがないのです。もし入ったとしたら、それこそ自慢タラタラ吹聴《ふいちょう》するに決まっています」

「というと、どういうことになるのですかなあ？」

北川は焦《じ》れったそうに、浅見の結論を催促した。

「内田さんに電話して、囲碁サロンの存在を知ったきっかけを訊いてみました。そうしたら、フロントで聞いたというのです。あのセンセイは文壇囲碁名人になって、囲碁ファンのあいだでは、ちょっと知られたカオなのですね。それでフロント係が教えてくれたのだろう——と自慢していました。しかし、どうもおかしい。フロント係が、何も訊かれないのに、そういう余計なことを言うはずはない——と僕は思ったのです。おそらくフロント係は、間宮老人に頼まれて、内田さんにそれとなく囲碁サロンのことを教えたのではないかと思います」

「そうか、フロント係もグルだったというわけですか……」

野上が感心したように呟《つぶや》いた。

それを横目で見て、北川は言った。

「しかし、かりにそうだとしても、会員制の囲碁サロンでしょう？　断られるのが関の山じゃありませんか」

「もちろん、サロンのほうにも手を回してあったのです」

「なるほど……」

北川は完全に、「呆れた」という顔だ。

「そう考えると、夜中にかかったという奇妙な電話――『鞆の浦へ』とかいう気味の悪い電話も、仕組まれたものであることは想像つきます。それに、内田さんを訪れた刑事もサクラだったのです。あのセンセイはミステリー作家のくせに、警察手帳を見たことがないくらい、いいかげんなひとですから、コロッと騙されてしまったのでしょう」

「ますます驚きましたなあ……だとすると、いよいよその間宮老人の正体と、ひと芝居打った目的や背景を知りたいものですなあ」

「僕は間宮老人が備後の人であることは間違いないと思いました。そして『元政治家らしい』という内田さんの印象も、信じていいと思いました。その上で調べてみると、いました。間宮明則という人物が、この福山に存在したのです」

「じゃあ、浅見さん、あれですか?」

北川が気負い込んで言った。

「その間宮明則氏は、こんどの事件が起きることを知っておったということですか?」

「いや、いくらなんでも、知っていれば、事前に防止する方法を考えたでしょう。ただ、はっきりしないまでも、鞆の浦で何かが起きる……それもどうやら危険な事件らしいことは察知したと考えられます」

「しかし、間宮氏は、どうしてそういうことを察知できたのでしょうかなあ」

「丸山老人の口から、何かそれらしい話を聞いたのです」

「丸山老人から?」

「ええ、丸山老人は牧村から、三月二十五日の夜、ひそかに仙酔島に渡してくれるように頼まれていた。当然、理由を聞くでしょうから、それに対して、牧村は『じいさんの怨みを晴らしてやる』ぐらいの大見得を切ったかもしれません。なにしろ、牧村は鞆美さんのことがあって、丸山老人の歓心《かんしん》を買いたいところでしたからね。丸山老人にしてみれば、引き受けてはみたものの、何かよく分からないが、どうも様子がおかしい。本能的な危機感というのでしょうか。それで、たまたま出会った間宮氏に、それとなく万一の場合のことを話しておいたのでしょう。間宮氏は、妙な話を聞かされて、気にはなったが、しかし、だからといって、どう対処すればいいのか決めかねていたのでしょう。まさか、こんな曖昧な話を、警察に通報するわけにもいきませんからね。そして、そのことを放置したまま、東京に行って、ホテルニューオータニに泊まった。そこで内田さんに出会ったのです」

「その点ですが、間宮氏は内田さんを知っていたのですか？　内田さんはぜんぜん知らないようなことを言っているのでしょう？」

　北川は訊いた。

「ええ、内田さんのほうは知らなくても、あのセンセイの本には、大抵、写真が載《の》っていますからね。それに、文壇囲碁名人で、囲碁の雑誌にも大きく掲載されましたから、間宮氏のほうは顔を知っていて不思議はないのです」

「なるほど、すると、推理作家だから、もし鞆の浦で何か事件みたいなものが発生したら、きっと興味を抱いて、調べに行くだろうと考えたのですかねえ」

「さあ、それはどうでしょうか。ちょっと違うような気がしますが……」

「というと？」

「それは北川さん、間宮氏の狙いは浅見さんにあったのじゃ、思いますがの」

　野上が得々として言った。

「この辺りの人なら、浅見さんの名探偵ぶりを知らん者はおりません」

「ほう、そうなのですか?」

「そうですとも。まあ、ご存じなければ、『後鳥羽伝説殺人事件』いう本を買《こ》うて、お読みになるとよろしい。まあ、惚《ほ》れ惚《ほ》れするような名推理ですわ」

「そんなふうに持ち上げられると、またまた困ってしまう。しかし、間宮氏はニューオータニで内田さんの顔を見た時、すぐに浅見某を誘い出してやろう——という発想が浮かんだと言っていましたよ。ことによると、それは一種の茶目っ気だったのかもしれませんけどね。ああいう、贋刑事を使うというのは、多分にお遊びの要素が強いですから。とにかく、あそこまで徹底してコナを振っておけば、もし何かあったら必ず内田さんか浅見某が、オットリ刀で駆けつけるであろう——とちゃんと見透《みす》かしていたことは確かですよ」

浅見は最後には、いくぶん、いまいましそうに言った。

「うーん……」

北川はもう何度目か知れない、唸り声を発した。

「まあ、それで一応、事件の背景は分かりましたが、実際にはどういう犯行だったのですかなあ?」

「それは、あまり難しい作業ではなかったでしょう。木村は川崎さんを島の西側の磯に呼び出しをかける。理由は、丸山鞆美さんの名前を使えば簡単です。川崎さんに、こっそり『鞆美さんが話があると言っています。場所は島の西の磯です』と、これだけで、川崎さんは一人でも出掛けて行きますよ。あの人は本質的に優しくて、誠意の人ですからね。一方、牧村は福山市内の謝恩会の二次会を巧みに抜け出して、鞆にやってきます。片道十六キロ、約二十分もあれば充分です。そして約束どおり、丸山老人の船でこっそり西の磯に渡らせてもらう。船着き場を出てまもなく、船の明かりを消して、ひそかに磯に渡り、川崎氏を一撃のもとに殺害し、引き上げる。陸側のどこにわたったのかはまだ分かりませんが、その途中、牧村は『ご苦労さまでした』と、丸山老人にジュースを勧める。老人は、毒入りジュースを飲んで、即死したのです。そのあと、牧村はエンジンを停めたまま、船を沖へ向かって突き出し、毒物を丸山さん宅にこっそり置いていく。それから一時間ほど経って、松野さん親子の漁船が、丸山老人を発見した——と、こういうストーリーです」

「ちょっと待ってください。丸山老人は間宮氏にも言っていたように、身の危険を感じていたのでしょう。そう簡単に、無警戒にジュースを飲みますかねえ?」

「その場合は」

と野上が脇から言った。

「牧村は、もし飲まなかったら海に突き落とすつもりだったそうですよ」

浅見は眉をひそめ、しばらく間をあけてから、続けた。

「牧村のアリバイ工作については、鞆美さんと警察に協力してもらって、それとなく探りを入れてみました。おそらく、牧村は謝恩会の初めと終わりだけは、きっちり鞆美さんに密着しておいて、そのあいだのどこかで犯行に出掛けた――と、そう考えたからです。その結果、予想どおり、牧村は鞆美さんの疑惑に簡単に動揺して、ついでに仕掛けた、木村の背信行為らしき作りばなしにも、あっさり引っ掛かったのです。牧村は嫉妬《しっと》と怒りと恐怖に目が眩《くら》んだのでしょうね。木村がちょうど仙酔島にいるのを知って、呼び出しの電話をかけ、川崎さんの場合と同じ方法で殺そうとしたのです。ちょっと汚い方法で気がさしたのですが、その二人の遣り取りは、すべて盗聴させてもらいました。まあ、そのお蔭で、木村は殺されずにすんだのですから、文句も言わないでしょうけれど」

浅見の長い話はこれですべて終わった。

野上は、まるで県警本部長賞をもらうことを予想しているように、笑いを堪《こら》えた顔をしている。

それとは対照的に、北川は憂鬱そのものであった。

「正直言って、この事件にかぎっていえば、浅見さんのような名探偵を呼んだりしないほうが、よかったのかもしれませんね」

苦労性のビジネスマンらしいぼやきを残して、まるで老人のようにノッソリと立ち上がった。

「さて、専務を起こすとしますか」

歩き方も、腰が落ちて、完全に老人そのものであった。

いつのまにか、窓に有明《ありあけ》の色が射していた。カーテンを開けると、鞆の浦はきのうよりいっそう春めいて、キラキラ輝いている。

エピローグ

1

翌朝九時ちょうどに、浅見はニューオータニの内田に電話を入れた。

「なんだよ、いま、いいところなのに」

内田はいきなり文句を言った。

「何がいいところなんですか?」

「津久見《つくみ》がチャンスなの」

「なんだ、高校野球ですか。しようがないですねえ、仕事はいいんですか?」

「だめだめ、ぜんぜん進まないよ。何かネタ、ないの」

「だから、それを教えて上げようと思って電話したんですよ」

「ふーん、そりゃ、いい心掛けだねえ。浅見ちゃんもばかにしたもんじゃないな……そうだ、あれ、どうなったの？　鞆の浦の話さ」

「だから、そのことで電話したのです。すべて解決、大団円《だいだんえん》ですよ」

「大団円て、犯人が分かったの？」

「そうですよ。あの不思議な間宮という老人の正体もね」

「ほんとかよ？」

「ほんとですよ。そもそもは、内田さんがあの老人にひっかかったのです。刑事もインチキですよ。フロント係だって囲碁サロンのお嬢さんだって、みんなグルだったのです」

「まさか……ほんとかよ？」

「ほんとです。これでいい小説のネタが出来たでしょう。ありがたいと思いなさい」

「そりゃ、もちろん思うよ、やっぱり浅見ちゃんだねえ。さすが……」

ふいに内田は黙りこくったと思ったら、突然、狂ったように笑い出した。

「あははは、だめだめ、浅見ちゃん、このおれさまを引っ掛けようったって、騙されるわけがない。エイプリルフールなんて、ガキの遊びみたいなこと、するんじゃないの」

「あっ……」

浅見は思わず天を仰いだ。

「そうか、きょうは四月一日か……」

「へへへ、とぼけたってだめだよ。じゃあね、一昨日《おととい》おいで」

ガチャリと電話が切れた。

(まあいいか——)

浅見は苦笑しながら、受話器を置いた。ネタがないと言うから、折角《せっかく》、教えてやろうと思ったのに、まったくあのセンセイは人を信じることと、感謝することを知らない。おまけに、碁ばかり打って、野球を見て。あれじゃ編集者が気の毒だ。

いろいろ考えながら、浅見は新幹線の時刻を調べ始めた。

2

ぼくは浅見をさんざん罵《ののし》ってやった。まったくばかな男だ、この明敏なぼくを引っ掛けようなんて、片腹痛い。

第一、下らないご都合主義の推理小説じゃあるまいし、いくら浅見が名探偵だからといって、一週間かそこらで、事件が解決するわけがない。

とは思ったが、ちょっと気になったもので、念のために囲碁サロンへ行ってみた。

元お嬢さんは、相変わらず美しい微笑みで迎えてくれた。

「あの、つかぬことを伺《うかが》いますが。ぼくが初めてここに来た時、会員でもないぼくを入れてくれたのは、何かわけでもあったのですか？」

「はあ……」

お嬢さんは、白い顔に、かすかに当惑の色を浮かべた。

「じつは、間宮様に頼まれましたものですから……」

「えっ、そうなの？　じゃあ、間宮老人はここの会員なの？」

「ええ、それで、内田様が見えたら、私の客だから、お相手するので、粗末に扱わないようにとおっしゃって……」

「うーん……」

ぼくは唸った。

「じゃあ、あの浅見の言ったことはほんとの話だったのか」

「は？」

「いえ、こっちの話なのです。どうもありがとうございました」

ぼくは部屋に戻ると、浅見家の番号をプッシュした。慌てているから、ぼくほどの冷静な人間が二度も番号を間違えた。

「ああ、軽井沢のセンセですか」

例によって、須美子嬢のブスッとした声が出た。

「坊っちゃまならいませんよ」

「あ、ちょっと待って！」

ぼくが叫ばなければ、彼女は受話器を置いていたにちがいない。

「なんですか」

「留守なの？」

「ええ、留守です」

「どこにいるの？」

「知りませんよ。センセのほうが知ってるんじゃないんですか？　このあいだ電話があった時にお出かけになって、一度、チラッとお帰りになって、またお出かけになって、それっきりですから」

「えっ？　じゃあ、鞆の浦にかかりっきりっていうわけ？」

ぼくは愕然とした。やはり浅見が事件を解決したというのは、事実だったのだ。ぼくの口から言うのもいまいましいが、浅見ほどの名探偵が一週間も没頭すれば、どんな難事件でも解決しないはずがない。

ぼくはデッカイ鯛を釣り落とした時のように、全身の力が抜けた。

（しかしまあ、浅見のことだ、せめて鯛の浜焼きぐらいは、お土産に買ってくるだろうな——）

さもしいことを考えて、ぼくは気を取り直し、何のストーリーも思い浮かばないまま、ワープロに向かったのである。

解説

浅見光彦

作家内田康夫がぼくの事件簿をネタに推理小説を書いていることは、残念ながら事実である。ぼくはもちろん、それを全面的に許可しているわけではない。わが浅見家にとっても、好ましいことではないのだ。しかし、過去において内田から受けたなにがしかの恩恵があるために、ぼくはあえて彼の無節操に目をつぶってきた。

当初はそれでも、内田の小説は誠実にぼくの事件簿を再現することに傾注していたような気がする。多少の脚色は、あくまでも小説である以上、やむをえまい。ところが、そういう寛容さが彼をスポイルしたのか、しだいに内田の筆法は常軌を逸脱しはじめ、ついには内田自身が作品中に登場するという、過剰なパフォーマンスを演じるにいたった。

その最初の作品は、一九八七年の『長崎殺人事件』である。長崎のカステラの老舗《しにせ》「松風軒」の娘から内田のところに、無実の罪で捕まった父親を救ってくれという手紙が届いて、内田はその事件を調査するよう、ぼくに依頼してきたというものだ。もっとも、この頃の内田はまだしも、黒子に徹して、表舞台にヒョコヒョコ現われたりはしなかった。

その『長崎』からほぼ一年後の一九八八年に刊行された本書『鞆の浦殺人事件』では、内田は露骨に出たがりの本性《ほんしょう》を現わし、プロローグから第一章にかけて、えんえんと主役を決め込んでいる。醜態《しゅうたい》といわざるをえない。彼はその辺の事情について、「創作秘話」と題して、次のように弁解している（一九九一年・徳間文庫版自作解説より）。

僕の書く小説の中には、友人知人をモデルにしたものが少なくありません。ときには殺人事件の被害者として、名前はもちろん、その人物のイメージを丸ごと使ってしまう場合もあります。その多くは無断借用ですが、ときには、殺され役でもいいからモデルに使ってくれ——と自薦してくる愉快な人もいて、大いに助かります。

実際、作品数が多くなると、名前を考えるのはなかなか厄介な作業です。それ以上に、キャラクターを創造するのは難しい。それを名前はおろか、キャラクターごと使わせてもらえるのは、作家にとってたいへんありがたいことなのです。

ところで、作者である僕自身が作品の中に登場したのは、昭和六十二年に光文社から出した『長崎殺人事件』が最初だったと思います。しかし、この作品では、僕の出番はほんの僅《わず》かで、どことなく遠慮がちでした。本格的に僕が物語の重要人物として、その英姿を現わしたのは、本書『鞆の浦殺人事件』で、以後、『琥珀の道《アンバー・ロード》殺人事件』など、何度かシャシャリ出ることになります。

作品中に僕が登場することについての、読者から寄せられるお便りでの反応は、賛否両論まちまちです。「面白い」といってくださる人もいますが、中には「もう出ないほうがよろしい」というのがあって、今後は自粛することにしています。

さて『鞆の浦殺人事件』は、ほぼ全編をホテルニューオータニにおけるカンヅメ状態で書き上げた作品です。

締め切りのない書下し作品を、出版社の希望するスケジュールに合わせて執筆するには、かなりきびしい自己管理が必要です。ことに僕には囲碁という三度のメシより好きな趣味があって、ちょっと油断すると書斎から姿を消してしまいますから、編集者は頭が痛い。放っておくと、夏休み帳と同様、いつまで経っても原稿が進みません。かくして「カンヅメ」という、きつーいお仕置きが用意されることになるわけです。

カンヅメはまさに「格子《こうし》なき牢獄《ろうごく》」。食事どきと掃除の時間以外は四六時中、部屋の中にこもりきりで、ひたすらワープロに向かい合う毎日です。あらかじめアイデアなりプロットなりがあってカンヅメになるわけではないので、およそ二週間の期限内に四百枚あまりの作品を完成させるのは、なかなかきつい作業なのです。

現に、この『鞆の浦殺人事件』の際には、物語が広島県鞆の浦を舞台にしたものであること以外、いったいどういう事件が起きるのかも決まっていませんでした。鞆の浦・仙酔島の豪華なホテルに泊まって、美味い鯛料理を食べて、瀬戸内の美しい風景を眺めて帰ってきたことだけが、作品のイメージとして頭の中に描かれていたにすぎません。

それでも、鞆の浦がある広島県の東部・福山市周辺については、幸いなことに、多少の土地鑑がありました。僕の第三長編『後鳥羽伝説殺人事件』は、まさにこの付近を舞台にしたものです。地理的な状況や街のたたずまい、住む人の雰囲気などについては、ある程度の知識は仕込んであります。あとは事件さえ起きてくれれば、なんとかなるだろう——と、甘い期待をいだいてカンヅメ生活に入ったものでした。

ところが、いっこうに事件は起きない——つまり、肝心のストーリーのほうの発想が、ちっとも思い浮かばないのです。一日また一日と無為の時間が過ぎてゆくばかり。掃除で部屋を出ているときなど、だだっ広いホテルのあちこちを、何かヒントはないものかと、絨毯《じゅうたん》のゴミを拾うような目つきで彷徨《ほうこう》しつづけました。

そうしたある日、十六階の中華料理店で千三百円也の高級ラーメンを食べた直後、同じフロアに「囲碁サロン」があるのを発見したのでした。

その瞬間、僕の超人的な頭脳に悪魔の囁《ささや》きが聞こえ、『鞆の浦殺人事件』の発端から終焉《しゅうえん》までのストーリーが思い浮かびました。

僕は大急ぎで部屋に戻り、ワープロの前に坐《すわ》り、機関銃のようなスピードでキーを叩き始めました。その経過はそのまま、この物語のプロローグに活かされています。もっとも、その囲碁サロンは会員制で、僕は中に入ってはみたものの、すぐに追い出されましたから、「ぼく」と「間宮老人」の対局などはなかったし、「ほり川」で間宮老人にご馳走になったくだりなど、すべて創作です。疑い深い編集者に対しては、僕が毎日、囲碁ばかり打って遊び惚《ほう》けていなかったことについて、とくに強調しておかなければなりません。


どうも呆れた太平楽である。かかる人物に捕まったのが身の不運と諦めるほかはない。彼が言うように、『長崎』『鞆の浦』の後も『琥珀の道《アンバー・ロード》殺人事件』『上野谷中殺人事件』と、性懲りもなく内田康夫「出演」作品が出た。さらに『「紫の女《ひと》」殺人事件』

『熊野古道殺人事件』にいたっては、内田はぼくと競いあうように大活躍を演じている。『熊野』ではこともあろうに、ぼくがいのちから二番目に大切にしているソアラを運転、大破させるという騒ぎであった。ただし、その傾向には読者からクレームが寄せられたとみえて、自粛したのか萎縮したのか、ここのところ謹慎状態に見受けられる。昨年、講談社から刊行された『記憶の中の殺人』でも、登場の仕方がやや控えめなのは好感が持てる。

それに、正直なところ、ぼくにとって、内田が行動を共にしてくれたほうが、プラスに作用することもある。シャーロック・ホームズのワトソン氏の場合と同様で、多少はトンチンカンではあっても、相談に乗ってくれたり、合いの手を入れてくれる内田のような存在が、ときには必要なものだ。今後もたまにはこういう作品があってもいいかな――と思わないでもない。もっとも、そういうことを言うと、すぐに付け上がってくるから、用心しなければならない。

（一九九六年六月）

カンヅメから生まれた「軽井沢のセンセ」

小説の書き方に関するかぎり、アマチュアとプロとのあいだにはさほど大きな相違点があるわけではないけれど、プロ作家には「カンヅメ」という、きわめて異常な状況下での執筆作業がある。一般読者には、いったいなぜカンヅメが必要なのか、理解に苦しむ方が多いのではないだろうか。僕のように軽井沢《かるいざわ》などという、抜群の環境にいながら、わざわざ空気の悪い東京へ出て、狭苦しいホテルの一室で仕事をする人間もいる。自分でも、まったく気が知れない——と思う。

「カンヅメ」という言葉には、どことなくプロの作家らしい雰囲気がつきまとう。もっといえば、いかにも売れっ子作家らしいステータスを感じさせる胡散臭《うさんくさ》さがある。しかし、実体はそんな上等なものではなく、要するに作家の自由を束縛《そくばく》し酷使する制度で、これとよく似た状況を法律用語では懲役《ちょうえき》または禁固《きんこ》と呼ぶ。

ご参考までに僕の「カンヅメ」の、ごく平均的な一日を描写すると、次のようなものである。

午前七時起床。テレビのニュースを見ながら洗顔。ワープロに向かい執筆開始。午前十一時半、清掃のため部屋を空ける。午後一時まで朝昼兼用の食事（このとき、編集者が原稿を取りに来る）。そのあと部屋に戻り執筆。午後三時ごろ睡魔に襲われ一時間ゴロ寝。午後六時ルームサービスで夕食。執筆。午後八時ごろ睡魔に襲われ一時間ゴロ寝。目覚めてバスを使う。汗が引くまでテレビを観る。執筆。午前二時就寝。

右のような状況がもっともスタンダードなカンヅメ生活である。もちろんホテルを一歩も出ることはない。酒飲みの作家のなかには、夕暮れどきともなると、銀座へ出かけていくという人もいるらしいが、僕は酒は飲まないし、第一、歩くのが嫌いなたちだから、せいぜい気分転換にラウンジでお茶を飲むぐらいのものだ。ときには部屋のカーテンを開けることもしないので、編集者が傘を持っているのを見て、（あ、きょうは雨か――）と気づいたりもする。

では、なぜこうまでしてカンヅメ生活に甘んじなければならないのか――。カンヅメの効用または必要性を理解するには、まず第一に作家の資質というものを考えてみるといいかもしれない。ほかの人のことはともかく、僕に関していえば、生来の怠け者《なまけもの》である。コツコツと仕事に勤《いそ》しむタイプでは絶対にない。日がなぼんやりしているのがいっこうに苦にならない性格である。怠け者のくせに、囲碁、将棋のたぐいが好きで、その誘惑に対しては、異常なほどの熱意をもって、骨身を惜しまずに研鑽《けんさん》する。唯一の取柄といえば酒を飲まない点ぐらいなものだ。

こういう資質が作家商売に向いているかどうかはともかく、少なくともちゃんとした正業に向いていないことだけは間違いない。そうでなければ、頭はそれほど悪くないのだから、中小企業の課長さんぐらいにはなっていただろう。

かかる人種は、だれも監督していないと、すぐに怠け癖が頭をもたげる。僕の場合、午後三時ごろになると、いつの間にか書斎から姿を消してしまう。軽井沢の自宅近くの「山水」という料理屋のおやじが無類の碁好きで、上州美人の奥さんの尻に敷かれっぱなし。僕同様、囲碁のほかに楽しみがないから、その相手をしてやらないと気の毒で、博愛主義を旨《むね》とする僕としては、とても放置しておけない。まさにボランティアの精神、モザンビークの飢えたこどもを看過《かんか》できないのココロといってもいい。で、午後のひととき、編集者がいくら電話してこようと、僕はいつも「図書館に行っている」ことになっている。最近はテキも心得てきて、直接「山水」に電話してくるので油断がならない。ついでに苦言を呈《てい》すると、電話の多いのも悩みの種である。大して広くもない家だから、ベルが鳴ると、どこからどういう電話がかかったのか気になってしようがない。ことに、前述したように、不定期に睡魔に襲われる僕としては、束《つか》の間《ま》の仮眠を取っている最中に電話の音で起こされると、自律神経がおかしくなる。そこへもってきて犬が吠《ほ》える。うちのキャリー嬢はカミさんに似て美人だが、教育が悪かったせいか、むやみに吠える。犬は吠えるのが商売だから、それを抑圧するのは気の毒だし、防犯上は大いに役立っているのだが、毎夜毎夜現われるキツネに吠えるのはやめてもらいたい。いくら吠えてもキツネのほうは馴れっこになってしまって、つい二、三メートルの鼻先で、平気な顔でムシャムシャ餌を食っている。いいかげんで、吠えてもむだなことがわかりそうなものだが、あの物わかりの悪さは誰に似たのだろう。

そんなわけだから（どんなわけだ？——）、原稿は予定どおりに進む道理がない。出版社も困るが、僕だって困る。怠け者のくせに小心な僕としては、編集者の脅《おど》しや泣きに出くわすと、塩をぶっかけられたナメクジのごとく、ヘナヘナとだらしなくなってしまう。毅然《きぜん》として執筆拒否をするなどといった、高踏《こうとう》的な生き方ができない。取り立てのきびしい代官のような編集者の顔を見ると、つい恭順《きょうじゅん》の意を表して「それじゃ、カンヅメでもしますか」ということになるのだ。

ことに『鞆の浦殺人事件』を書いた昭和六十三年は、十二冊もの本を上梓した年で、連載もたくさん抱えていた。

余談だが、金鳥の蚊取り線香のＣＭに、近藤正臣《こんどうまさおみ》氏が「三十日三十日一本ポン……」と歌うのがあった。最近は商品の性能が向上したらしく、「六十日六十日一本ポン……」と歌う。かつて毎月一本のペースで作品を発表していた僕が、このごろ二月《ふたつき》に一本程度に絞ったのを皮肉っているように聞こえる。もっとも、僕は僕でそのＣＭを引用しては、「性能がアップすると、六十日に一本でよくなるのだ」などとうそぶいている。

書下ろし作品は締切りがあってないようなものだから、どんどん後回しになる。このまま放っておくと、いつになったら原稿が完成することやら、編集者でなくても危機感を抱く。かててくわえて、当時の徳間書店の編集者は、すでに第一、二集でご紹介した「猛女」松岡妙子《まつおかたえこ》氏であったから、僕の首根っこを摑《つか》まえて「とにかくカンヅメに入ってください」と宣告した。

といった経緯《けいい》を辿《たど》り、ともかくホテルニューオータニに入ったのはいいけれど、ストーリーが何も思い浮かばない。すでに取材はすませ、広島県の「鞆の浦」を書くことだけは決まっていた。仙酔島《せんすいじま》という美しい島に渡り、ニュー錦水《きんすい》国際ホテルというけっこうな宿に二泊して、周辺の取材も念入りにやってきてはいるのだが、ワープロに向かっても、頭の中の舞台には誰も登場しないし、背景も見えてこない。明日からは毎朝、税務署の執達吏《しったつり》みたいな松岡女史が原稿を取りに来るというのに、何も出てこない。

第一日は無為のまま時は流れ、翌朝、電話してきた松岡女史には、「きょうは間に合ってます」とご用聞きを断わるようなせりふでご遠慮願ったが、第二日になってもドラマの幕は開かない。舞台の上には、困りきった怠惰《たいだ》な作家がウロウロしているだけである。いや、実際の話、僕は広いニューオータニの中を彷徨《さまよ》い、あるいは深夜の室内を動物園のクマよろしく行ったり来たりするばかりだったのだ。

そして第三日め、昼食に十六階の中華レストランで一杯千三百円也のラーメンを食べたあと、何げなく同じフロアの奥のほうへ行ってみて、そこに「囲碁サロン」があるのを発見した。僕は胸が高鳴った。砂漠でオアシスに出会ったようなものだ。ためしにサロンの中に入って、そこにいた女性に、フリーの客でも碁を打たせてもらえるものかどうか訊いた。「申し訳ございません、会員の方以外は……」という返事であった。

この出来事は僕にとって、二重の幸運であった。幸運の第一は囲碁サロンがヒントになって、頭の中の舞台でドラマの幕が上がったことである。――といっても何のことやら分からないだろうけれど、それは作品のほうでお読みいただくとして、要するに発想のメカニズムとはそういう、思いがけないところからとんでもないものが生まれるシステムであるらしい。

もう一つの幸運は、サロンの女性に入場を断わられたことである。もしそのとき、「どうぞどうぞ」と許されたなら、僕は碁の虜《とりこ》になりはてて、ついにはプロの碁打ちになるか、それとも失業して野垂《のた》れ死にするか、いずれかの道を辿《たど》ったことだろう。

それが一転、創作意欲にかられた天才作家が、恵まれた環境で執筆活動に邁進《まいしん》する――という理想的な状況を現出することになった。おまけに、舞台上にまず颯爽《さっそう》と登場したのは、天才作家先生本人なのだから、思わず笑ってしまう。それも、ニューオータニでカンヅメになって四苦八苦している。その姿を戯画《ぎが》化して描くところから始まった。

この先生のことを、浅見家のお手伝いさんの須美子《すみこ》嬢が「軽井沢のセンセ」と軽んじて呼んだのは、この作品が最初だったのではないかと思う。以来、軽井沢のセンセはちょくちょく登場しては浅見家の人びとに忌《い》み嫌われ、読者の顰蹙《ひんしゅく》をかっている。本人は半分は読者サービス、半分はシャレのつもりなのだが、読者のなかにはわざわざ「あなたは出ないほうがよろしい」などと、冷たい手紙を送ってくるひともいて、軽井沢のセンセを大いにくさらせる。

話は横道にそれるけれど、ことしの六月、光文社文庫編集部に依頼して「浅見光彦ミステリーシリーズ」をテレビドラマ化する場合、どういう配役が望ましいか——というアンケート調査を実施したところ、驚いたことに千通を超える応募があった。その結果は巻末の「付録」で詳しく紹介するが、配役の端くれとして、面白半分に「軽井沢のセンセ」というのも加えておいたら、なんとトップは僕自身であった。二位の橋爪功《はしづめいさお》さんを引き離しての堂々たる入賞である。「出ないほうがよろしい」と貶《けな》す人がいる半面、こうして推薦してくれるファンがいるというのは嬉しいかぎりだ。

さて、『鞆の浦殺人事件』で特筆すべきは、野上《のがみ》警部補との再会である。「浅見光彦ミステリーシリーズ」の読者ならご存じかと思うが、野上はシリーズの第一作『後鳥羽伝説殺人事件』の主人公として、浅見と競演した広島県警の刑事。その野上と浅見が、鞆の浦殺人事件を捜査する所轄の福山《ふくやま》警察署でバッタリ顔を合わせる。『後鳥羽』当時はまだ部長刑事だった野上が警部補に昇格して、福山署刑事課の捜査係長を務めていたというわけである。『後鳥羽』を書いたころの僕はまだアマチュアで、もちろん「カンヅメ」などという異常事態など知らない、ウブで汚れなき中年だった。

そんな昔を懐かしく思い描きながら、八日間のカンヅメ生活で、『鞆の浦殺人事件』を書き上げた。疲労困憊《こんぱい》の極に達し、脱《ぬ》け殻《がら》のようになった肉体を引きずって、軽井沢のセンセは山へ帰ったのである。

この作品はフィクションであり、文中に登場する人物、団体名は、実在するものとまったく関係ありません。なお、風景や建造物など、現地の状況と多少異なっている点があることをご了解ください。

（著者）

本作品は1991年7月に刊行された徳間文庫の新装版です。

「カンヅメから生まれた『軽井沢のセンセ』」は光文社文庫『浅見光彦のミステリー紀行 第3集』より再録しました。

徳間文庫

鞆《とも》の浦《うら》殺人《さつじん》事件《じけん》

2016年7月15日 初刷

著者 内《うち》田《だ》康《やす》夫《お》

発行者 平野健一

発行所 東京都港区芝大門二—二—二 〒105—8055 株式会社徳間書店

電話 編集〇三(五四〇三)四三四九 販売〇四八(四五一)五九六〇

振替 〇〇一四〇—〇—四四三九二

印刷 凸版印刷株式会社

製本 株式会社宮本製本所

ISBN978-4-19-894121-5 (乱丁、落丁本はお取りかえいたします)